www.bbulmedia.com

www.bbulmedia.com

不死神鳥

불사신조

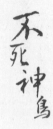

1판 1쇄 찍음 2014년 5월 7일
1판 1쇄 펴냄 2014년 5월 12일

지은이 | 이주용
펴낸이 | 정 필
펴낸곳 | 도서출판 뿔미디어

편집장 | 이재권
기획 · 편집 | 윤영상

출판등록 | 2002년 9월 11일 (제1081-1-132호)
주소 | 경기도 부천시 원미구 상동로 117번길 49(상동) 503호 (우)420-861
전화 | 032)651-6513 / 팩스 032)651-6094
E-mail | bbulmedia@hanmail.net
홈페이지 | http://bbulmedia.com

값 8,000원

ISBN 979-11-315-1148-0 04810
ISBN 979-11-7003-007-2 04810 (세트)

不死神鳥

불사신조

5

BBULMEDIA FANTASY STORY

이주용 신무협 장편 소설

차례

제28막
격돌

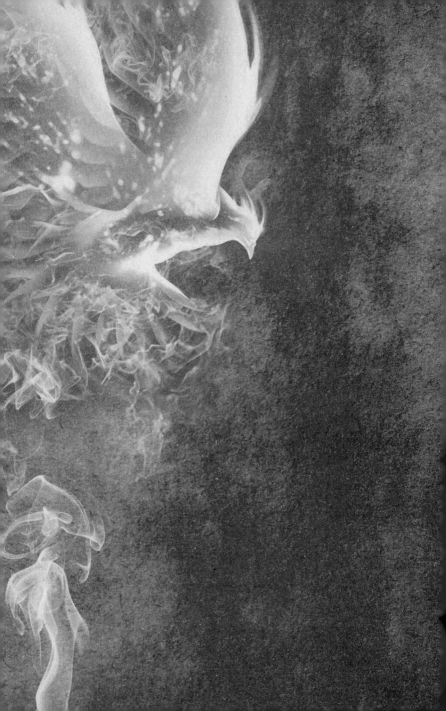

제일 오래 살아야지. 제일 오래 살아서 우리 십삼조 장례 다 치러 주고 마지막에 가야지.

그 역할은 내 거야. 양보하지 않을 거다, 신조.

— 아랑

⊙

검성 유운비는 '하늘의 검'을 꿈꾸었다.

세상의 모든 검을 하나로 모은 궁극의 하나, 하늘에 도달한 지고의 검.

검성 유운비가 천검문을 만든 이유는 단순했다. 자신의 대에서 이루지 못한다면 후대에서라도 하늘의 검을 이루고 말겠다는 의지였다.

천검문이 이 땅에 선 지 사백 년 가까운 시간이 흘렀다. 그리고 천검문은 그 기나긴 시간 동안 하늘의 검에 대한 추구를 멈추지 않았다.

천검문은 무광(武狂)들의 문파였다. 인생 전부를 검에 바친 자들이 문파 내에 수두룩했다.

수백, 수천 개의 검법을 연구하고 파훼하고 장단을 나누어 다시 하나로 모았다.

하나가 된 검에서 다시 수십, 수백, 수천 갈래의 새로운 길을 모색했다.

정파 최강.

하루아침에 이루어진 것이 아니었다. 수많은 검객들이 각고의 노력 끝에 쌓아 올린 토대 위에, 이를 온전히 이어받은 후대들이 새로운 검을 차곡차곡 쌓았기에 가능한 일이었다.

당금 무림은 제의 초대 황제 영이 무림을 열었을 때와는 비교조차 할 수 없을 정도로 강력해졌다. 그리고 그런 발전 도상의 정점에 선 것이 천검문이었다.

천검문 본산 가장 높은 곳에는 천검문주가 기거하는 암자가 있었다. 제자 하나와 나란히 앉은 검신이 산 아래를 내려다보았다.

"때가 되었구나."

나이 여든을 바라보는 검신은 늙었다. 환골탈태와 깊고 두터운 내력 덕분에 유지하고 있던 정정함은 사라진 지 오래였다.

늙고 야위어 죽어 가는 노인. 그간 세월의 흐름을 비껴간 값을 치르기라도 하듯 곱절로 나이를 먹은 것만 같은 초라한 외양.

하지만 그렇다 할지라도 검신이었다. 주화입마로 인해 한평생 쌓은 무공을 모두 잃었지만 그 눈빛만은 형형히 살아 있었다.

광룡이 무림을 노린다.

아직 그 음모의 전모를 알 순 없었지만, 그들이 이제 천검문에 흉악한 송곳니를 드러낼 것은 자명했다.

검신은 싸울 준비를 하였다. 속을 알 수 없는 권신의 천인회와는 척을 지고, 오로지 천검문만의 힘으로 맞서 싸울 각오를 다졌다.

천검문이 광룡의 마각을 안다 하여 광룡을 칠 수 없

는 것처럼, 광룡 또한 천마회를 잃고 나면 천검문을 더 이상 노릴 수 없으리라.

검신은 본산 깊은 곳에 은거한 장로들을 하나도 빠짐 없이 모두 불러냈다.

검신은 이제 검을 들 수 없었다. 하지만 천검문을 움직이는 것은 여전히 그였다.

"검제…… 강호는 아직이더냐?"

검신의 나직한 물음에 옆에서 수행하고 있던 첫째 제자 이정이 고개를 숙이며 답했다.

"마지막으로 도착한 전서구를 고려한다면, 늦어도 두 시진 이내에는 도착할 것입니다."

정도 이제는 예순을 넘어 노인이었다. 무공은 제자들 가운데 제일이 아니었지만 그 성품과 현명함만은 과연 맏이라 할 만했다.

첫째 제자 이정과 막내 제자 백강호.

둘만 생각하면 마음이 따스해지는 검신이었다. 천검문의 장문인 자리를 이어받을 이와 천검문 최강의 검을 이어 갈 이가 모두 있으니 어찌 마음이 놓이지 않겠는가.

검신이 푸근한 얼굴로 말했다.

"강호, 그 아이는 하늘의 검을 이룰 것이다. 사조님

의 오랜 숙원은 그 아이의 대에서 풀릴 것이야."

정 또한 고개를 끄덕였다. 그는 자신을 능가하는 무재를 타고난 막내 사제를 시기하지 않았다. 그도 막내 사제의 손에서 하늘의 검이 피어나기를 간절히 바랐다.

노쇠한 스승과 제자는 함께 산 아래를 내려다보았다. 정파 최강이란 이명이 불러오는 상상과 달리 천검문에는 웅장한 건물 같은 것이 없었다.

그도 그럴 것이, 산 전체가 천검문이라 해도 과언이 아니었기 때문이다.

언제나와 같은 천검문의 풍경이었다.

짙게 깔린 안개와 높은 산이 그려 내는 신비로운 경관.

하지만 한평생 검을 닦으며 범인과는 다른 삶을 살아온 천검문주 검신의 눈에는 다른 것이 보였다.

"오거라."

광룡의 무리들아.

천검문을 노리는 흉수들아.

천검문은 도망치지 않는다. 물러서지도 않는다. 한평생 닦아 온 검으로 너희에게 맞서리라.

검신은 눈을 감았다.

싸움이 멀지 않았다.

천검문으로의 출발이 다소 늦은 것은 아랑이 결단을
내리는 데 시간이 필요했기 때문이다. 아랑은 이번 천
검문행에 나설 인원을 신중히 가렸다.

　청조와 홍초는 가지 않는다.

　청조는 싸움에 미숙했고, 홍초는 또래에 비해 강하긴
하지만 천검문에서 벌어질 싸움에 끼어들기에는 아직
무리가 있었다.

　아랑 자신과 애묘는 싸움에 낀다.

　다소 위험한 선택이긴 했지만, 전력이 하나라도 더
필요한 상황이니 어쩔 수 없었다.

　일행의 주력은 신조와 사정혜였다. 나머지 십비들로
부터 직접적인 도움은 이끌어 낼 수 없었지만 간접적인
조력 정도는 구할 수 있었다.

　신조와 사정혜는 팔비인 마공 주태가 만든 보의를 걸
쳤다. 비단처럼 부드럽고 가벼웠지만 도검으로 쉬이 벨
수 없는 내구성을 가진 물건이었다.

　주태는 보의에 그치지 않고 무기 또한 제공해 주었

다. 이비인 흑사문주의 다른 도움을 통해서 말이다.

"결국 나섰네."

"소문주를 지키는 것이 저희의 이번 임무입니다."

천하제일살문 흑사문의 정예 부대 가운데 하나인 월
아단이었다. 모두 서른 명인 이들이 합류하니 일행의
규모가 단번에 커졌다.

사정혜는 월아단 단주인 귀도에게 툴툴거렸지만 어
린 시절부터 보아 온 이들과 함께하는 것이 내심 기쁜
지 눈웃음을 지었다. 복면으로 얼굴을 가려 표정이 드
러나지 않았지만, 귀도의 눈빛 또한 부드러웠다.

천검문이 이제 멀지 않았다. 월아단이 중도에 합류하
자 이제까지 하루 꼬박 함께 말을 달리던 아랑이 잠시
말을 세우고 이야기를 시작했다.

"큰일이 없다면 검제도 시간을 맞출 수 있을 거다.
다른 사황오제삼신 가운데서도 조력이 있을 가능성이
높아. 천검문의 저력은 말할 것도 없지."

객관적으로 보면 천검문이 천마회에 패할 가능성은
낮았다. 아니, 아예 천인회가 개입할 여지를 주지 않을
공산도 있었다. 하지만 그렇기에 더욱 의심이 되었다.

"그럼에도 불구하고 천마회가 천검문을 친다면, 놈

들 역시 그만큼 준비를 했다는 뜻일 거다."

광룡은 바보들의 집단이 아니었다. 분명 숨겨 둔 한 수가 있을 것이 분명했다.

아랑은 거기서 잠시 말을 끊었다. 한차례 숨을 고른 뒤 결정한 바를 말했다.

"신조, 앞서 가라."

앞으로 반나절 정도 말을 달리면 천검문에 도착할 수 있었다. 하지만 어쩐지 모르게 불길했다. 조금이라도 더 빨리 천검문에 도달해야만 할 것 같은 기분이었다.

경공이란 분야에서 천하제일을 논할 수 있는 신조는 말보다도 빠르게 달릴 수 있었다. 또한 말과 달리 산지를 넘어 천검문까의 직선 경로를 이용할 수 있으니 반나절보다 훨씬 더 짧은 시간 안에 천검문에 도착할 터였다.

"금방 뒤따라가마."

아랑이 신조의 어깨를 두드렸다.

신조는 그런 아랑을 잠시 바라보더니 고개를 끄덕였다. 애묘에게도 눈짓으로 인사한 뒤 말 등을 박차고 뛰어올라 경공을 펼쳤다.

"나도 따라갈래!"

연이어 공중으로 치솟은 것은 살성 사정혜였다. 그녀가 움직이자 월아단 또한 일시에 몸을 날려 두 사람을 따랐다.

　이리되니 오히려 남은 쪽이 떠난 쪽보다 압도적으로 숫자가 적었다.

　순식간에 저 멀리 사라진 신조의 뒷모습을 좇던 애묘가 아랑에게 물었다.

　"뭐가 문젠데?"

　"감이 안 좋아, 감이."

　명확한 근거 같은 것은 없었다. 하지만 좋지 못한 예감이 들었다.

　불길함.

　뇌호와 맹저를 잃었을 때와 엇비슷한 느낌이었다.

　아랑은 다시 말을 출발시켰다. 하지만 저도 모르게 천검문이 있는 방향이 아닌, 황실이 있는 방향을 돌아보았다.

　어째서일까?

　아랑은 더는 깊이 생각하지 않았다. 다시 정면을 보고 말을 달렸다.

"비가 오겠군."

하늘이 어두웠다. 특히 천검문이 있는 방향에 먹구름이 가득한 것이, 조만간 비가 쏟아질 것이 분명했다.

청룡은 푸른 귀신 가면을 썼다. 나무가 우거진 숲에 몸을 숨긴 그의 곁에는 용화와 천마회가 자리했다.

청룡이 눈길을 준 것은 자신의 바로 옆에 선 용화였다. 흑룡을 닮은 그녀에게 청룡이 명했다.

"전부 돌진시키고 너는 물러가라."

이 숲에 집결한 마인들은 천마회 내에서도 질이 낮은 자들에 속했다. 피리로 지속적인 명령을 내려 주지 않는다면 복잡한 행동을 취할 수 없었다.

하지만 단순히 돌진시키는 것뿐이라면 어렵지 않았다. 명령의 결과로 천마회는 완전히 폭주할 것이 분명했지만, 상관없었다. 어차피 이것이 천마회의 마지막 임무였다.

청룡의 명령에 용화는 다소 주저하는 모습을 보였다. 청룡을 여기에 두고 자신 혼자 물러선다는 사실이 마음에 걸렸기 때문이다.

청룡은 그런 용화의 머리 위에 손을 올렸다.

"흑룡은 네가 죽는 것을 원치 않는다."

그러니 물러가라. 어차피 네가 나설 일은 저곳에 존재하지 않으니.

용화는 고개를 끄덕였다. 오래 망설여 시간을 끄는 대신 피리를 입에 물었다. 평범한 사람의 귀에는 들리지 않을 음파가 주변 일대를 장악했고, 이내 천마회의 마인과 귀졸들이 기괴한 신음을 흘리기 시작했다. 천검문이 있는 방향을 향해 질주했다.

용화의 어깨를 두드려 준 청룡은 지면을 박차 그런 마인들에 합류했다. 혼자 남은 용화는 한참 동안 그 자리에 서서 청룡과 천마회가 달려간 방향을 바라보았다.

삼각귀는 청룡의 돌진을 감지했다. 어떤 신호가 있던 것은 아니지만, 그는 지금이야말로 천검문을 쳐야 할 때라는 사실을 알았다.

삼각귀가 돌진을 명했다. 삼각귀가 길러 낸 마인 둘을 필두로 나머지 천마회 마인들이 천검문을 향해 질주했다.

용화의 천마회와 달리 삼각귀의 천마회는 이지를 보

존하고 있었다. 하지만 그들은 이 싸움의 유불리 같은 것을 고려치 않았다. 그저 싸우고, 죽이고, 죽는다.

삼각귀는 쓰게 웃었다. 자신 또한 마찬가지였다. 조금도 다르지 않았다.

비가 내렸다. 삼각귀는 야차를 움켜쥐고 달렸다.

●

천검문에는 기관진식이 없었다. 산은 개방되어 있고, 성벽 같은 것은 존재하지 않았다.

비가 내려 시계가 어두웠다. 더욱이 산을 둘러싼 것 또한 울창한 숲이다 보니 천검문 문도들은 천마회 마인들의 공격을 조기에 발견하지 못했다.

시작 자체는 천마회의 기습이라 할 수 있었다. 천검문은 한곳에 집결되어 있지 못했던 터라 전장에 집중된 병력은 천마회가 천검문을 압도했다.

하지만 그 시간은 길지 못했다.

검신은 이번 전투를 대비해 네 명의 전장 지휘관을 선출했다. 넷 모두 장로로, 실전 경험이 풍부한 이들이었다. 전장의 검을 경험해 보기 위해 황실 정규군에 섞여 이민족들과의 전쟁에도 참여해 본 적 있는 이들 네 사람은 전장의 흐름을 빠르게 읽었다. 천마회가 양방향에서 밀고 들어왔음을 인지하고 각지에 나눠져 있던 병력을 급파했다.

천마회 마인들은 이번에도 똑같은 방식으로 싸웠다. 비사문과 녹림의 고수들을 비롯해, 여러 무림 문파들을 곤혹스럽게 했던 미혼향을 퍼트리고 벽력탄을 터트렸다.

미혼향은 마치 산공독처럼 내공을 흐트러지게 할 뿐만 아니라 정신을 둔하게 만들어 움직임을 느리게 하는 효과까지 있었다. 때문에 천마회가 적은 숫자에도 불구하고 일당백의 활약을 할 수 있던 가장 큰 요인이라 할 수 있었다.

그런데 천검문에서는 미혼향이 통하지 않았다. 아니, 보다 정확히 말하면, 일반 문도들에게는 통하는 것 같았으나 천검문의 주 전력이라 할 수 있을 검기상인의 경지에 오른 고수들에게는 그다지 영향을 주지 못하였다.

애묘였다.

그녀가 일전 천검문에 방문했을 때 미혼향에 관한 정보를 전해 준 덕분이었다. 십삼조처럼 미혼향에 완전히 면역되기 위해서는 오랜 시간이 필요했지만, 그 효과를 누그러트리는 정도라면 그리 오랜 시간이 필요하지 않았다.

하지만 천마회는 여전히 막강했다. 벽력탄은 검진을 무력화시켰고, 죽음을 불사한 귀졸들의 맹공은 검기상인의 경지에 오른 고수들에게도 충분히 위협적이었다.

곳곳에서 난전이 벌어졌다. 쏟아지는 빗속에서 유혈이 낭자했다.

죽음는 남녀노소를 가리지 않고 공평하게 찾아왔다.

천검문 제자가 되어 언젠가는 하늘의 검을 이루고 말겠다는 신념하에 검을 휘두르던 청년은 검 한 번 제대로 휘둘러 보지 못하고 벽력탄의 폭발에 휘말려 목숨을 잃었다.

고사리 같은 손으로 처음 검을 쥔 이래 천검문을 떠난 적 없던 노고수는 귀졸 둘이 목숨을 내던지며 날린 일검에 가슴을 찔려 비통함 속에 죽어 갔다.

이지가 없는 귀졸들도 죽는 그 순간에는 감정을 눈에 담았다.

고통, 공포…… 개중에는 어떤 해방감을 느끼는 이도 있었다.

마구잡이식 싸움이었다. 현란한 무공이 오갔지만 그

결과는 시정잡배들 간의 싸움과 조금도 다르지 않았다.

천마회 마인과 귀졸들을 모두 합치면 대략 삼백 명 정도가 될 것 같았다. 실력을 인정받아 싸움에 참여한 천검문도의 수가 육백이니, 숫자만을 논한다면 천검문이 두 배 이상이었다.

하지만 싸움은 결코 일방적이지 않았다.

"키에에에에에에에에!"

한차례 귀곡성과 함께 붉은 피부의 괴물이 천검문 고수들을 향해 돌진했다. 보통 사람보다 세 배는 더 큰 덩치에 온몸에는 금속 조각이 돋아나 있었고, 얼굴은 개의 그것을 닮았다. 도검이라 불러도 좋을 손톱을 휘두르는데, 그 공격이 어찌나 강하고 빠른지 천검문의 고수들도 쉬이 막지 못할 수준이었다.

괴력난신(怪力亂神), 이매망량(夷昧魍魎).

그렇게 많은 것은 아니었다. 열을 겨우 헤아릴 숫자였다. 하지만 그 괴물들이 싸움터에 불러온 효과는 실로 굉장했다.

그렇지 않아도 미혼향에 의해 정신이 약해져 있던 천검문의 검사들은 괴물들이 내지르는 비명에 몸을 떨었다. 손발을 제대로 놀리지 못하고 무기를 땅에 떨어트리는 자도 있었다.

청룡이 부리는 식신들이었다. 어둠과 장대비 속에 모습을 숨긴 청룡은 식신을 부려 천마회의 싸움을 도왔다.

싸움을 길게 끌어야 했다. 더 많은 사상자가 나오게끔 해야 했다. 일방적인 싸움이 아닌, 양측 모두가 큰 피해를 입는 싸움을 연출해야만 했다.

청룡은 천검문 서쪽에 있었기에 동쪽의 상황을 알 수 없었다. 하지만 제아무리 뛰어난 고수가 많은 천검문이라 할지라도 삼각귀를 막을 수 있는 자는 오직 하나뿐이란 사실을 잊지 않았다.

서쪽도 난전이 펼쳐지고 있으리라. 삼각귀가 그 야차로 수많은 천검문 고수들의 피를 취하고 있으리라.

그리고 이러한 청룡의 예상은 조금도 틀리지 않았다.

동쪽의 싸움이 처절한 난전이라면, 서쪽의 싸움은 창과 방패의 싸움이었다.

삼각귀가 길러 낸 세 명의 무인을 머리로 삼아 천마회 마인들이 사납게 돌진했다. 마인 하나하나가 검기상인 절정의 경지에 도달해 있으니, 천검문 일반 문도들로는 당해 낼 재간이 없었다.

동쪽 싸움의 지휘를 맡은 벽력검 오제일은 후열에 대기하고 있던 일반 문도들을 모두 물러서게 했다. 이들로 마인을 막으라 하는 것은 죽으라 명하는 것과 다름이 없었다.

벽력검은 몸소 검을 뽑고 천마회 마인들을 향해 돌진했다. 그리고 그것은 장로들 역시 마찬가지였다.

천검문에서 한평생 검의 길을 걸은 이들이었다. 수십이 한 번에 저마다의 검을 펼치니, 실로 천지를 요동치게 할 힘이었다.

창과 방패의 싸움에서 창과 창의 싸움이 되었다. 천마회 마인들은 저마다의 마공을 펼치며 천검문 고수들을 공격했고, 천검문은 그런 마인들에 맞서 우직하게 자신의 검을 보였다.

사방에서 검기가 난무하고 유혈이 낭자했다. 쏟아지는 빗속에서 피아 구분할 것 없이 절정의 경지를 이룬 고수들이 허무하게 죽어 나갔다.

천마회는 다른 곳에서의 싸움과는 비교조차 할 수 없을 정도로 많은 피해를 입었다. 동쪽과 서쪽, 가릴 것 없이 벌써 반수 가까운 이들이 전투 불능에 빠져들었다.

하지만 피해가 크기는 천검문 역시 마찬가지였다. 천

검문이 세워진 이래 이렇게 많은 고수들이 몰살한 것은 처음이었다.

벽력검은 숨을 헐떡였다. 눈앞에서 쇄도하는 마인을 악전고투 끝에 떨쳐 낸 이후 잠시 숨을 고르며 주변을 살폈다. 전선 한 곳이 무너지고 있었다. 팽팽하게 공방을 주고받는 다른 곳들과 달리, 압도적인 힘 앞에 천검문 고수들의 방어진이 뭉개지고 있었다.

천마회가 예상 이상으로 강했다. 녹림에서의 싸움으로 파악한 전력과는 너무나 달랐다.

'저 둘도 버겁거늘, 대체 누구란 말이냐!'

정면에서 성난 들소처럼 돌진하는 두 명의 도객도 만만치가 않은 자들이었다. 천검문에 입문한 지 오십 년이 넘은 장로 다섯이 달려들었음에도 진로를 막는 것이 고작이었다.

벽력검은 이를 악물고 신형을 날렸다. 적어도 이 자리에 있는 이들 가운데서는 가장 강한 자신이었다. 고수는 고수로 막을 수밖에 없으니, 자신이 막으러 가야만 했다.

"길을 열어 다오!"

외침에 주변에 있던 고수들이 반응했다. 저마다 일갈

을 토하며 상대하고 있던 자들을 밀어내 공간을 만들어 주었다.

벽력검은 천검문 고수들의 어깨를 밟고 공중으로 치솟았다.

벽력검은 쏟아지는 빗줄기 너머를 노려보았다. 뿔이 세 개 돋아난 귀신 가면을 쓴 자였다. 붉고 거대한 도를 휘두르는데, 그 기세가 태산과 같아 일도를 제대로 받아 내는 이가 없었다.

"도산!"

벽력검이 외친 이름은 삼각귀와 대적하고 있는 검사의 이름이었다.

활인검 도산. 벽력검의 친우인 유선검 청우의 직전제자였다.

부드러움으로 강함을 제압하는 유검의 고수인 활인검은 벽력검의 외침을 들은 순간 협공을 생각했다. 악행을 일삼는 마두를 상대로 한 싸움이니 비겁함을 따질 상황이 아니었다.

벽력검이 지면에 착지해 활인검과 자신 사이의 거리를 점검했다. 삼 장이 되지 못할 거리였다. 벽력검은 지면을 박찼고, 활인검 역시 현란한 검막을 펼치며 몸을 뒤로 빼기 위해 두 발에 힘을 주었다.

그리고 이 모든 과정을 삼각귀 역시 보았다. 그리고 그가 내린 결론은 단순했다.

물러나는 것보다 더 빠르게 치고나가 벤다.

삼각귀가 진각을 밟았다. 분명 활인검보다 반 박자 늦은 행동이었다. 하지만 치고 나가는 속도는 물러나는 속도의 두 배 이상이었다.

활인검이 본 것은 한 줄기 번개였다. 그저 눈앞에서 무언가가 번쩍하는 것을 감지했을 뿐이다.

패도 야차가 활인검의 머리 위로 쏟아져 내렸다.

붉은 번개와도 같은 그것은 활인검의 검막을 모조리 박살 냈다. 번개가 소나무를 쪼개듯 거침없이 내달려 활인검의 육신을 갈랐다.

벽력검이 두 번째 발돋움을 하려던 때였다. 활인검이 둘로 갈라졌다. 쏟아지는 빗줄기에 붉은빛을 더하며 허물어졌다. 벽력검이 노성을 터트렸다.

"노옴!"

벽력검이 지면을 박찼다. 검을 당기며 노도와 같이 돌진했다.

벽력검 또한 번개였다. 그 별호에 어울리는 일격필살

의 검을 가진 남자였다.

벽력검의 하얀 검기가 작렬했다. 어두운 빗줄기를 가르며 삼각귀에게 쇄도했다.

삼각귀는 그 역시 보았다. 가면 속에서 사납게 웃으며 다시 한 번 야차를 휘둘렀다.

이번에도 벽력검보다 삼각귀가 반 박자 늦었다. 하지만 먼저 궤적을 완성한 것은 삼각귀의 도였다.

쾌와 강.

그 모두를 가진 삼각귀의 일섬이 벽력검을 휩쓸었다.

벽력검은 몸을 빼지 못했다. 일생 최후의 검격조차 끝까지 펼치지 못했다. 붉은 패도의 도강이 벽력검의 목숨을 취하였다.

삼각귀는 질주했다. 야차를 미친 듯이 휘둘러 걸리는 모든 것들을 부수고 파괴했다. 별처럼 많은 고수들이 존재한다는 천검문이었지만, 삼각귀의 도를 막아 낼 자가 이 자리에는 존재하지 않았다.

양 무리에 호랑이를 풀어놓은 꼴이었다. 삼각귀의 신위는 천검문 고수들을 위축시켰고, 그 약해진 틈을 미혼향이 파고들었다. 천검문 고수들의 피해는 계속해서 커져만 갔다.

천검문 고수들은 본능적으로 느꼈다.

삼각귀를 꺾지 못하면 천검문은 이길 수 없다. 설사 이긴다 할지라도 어마어마한 피해를 감수해야만 한다.

대적자가 필요했다. 삼각귀를 막아 낼, 그런 극강의 고수가 필요했다.

천검문 고수들은 모두 한 사람의 이름을 떠올렸다.

"검제 백강호."

육성으로 담은 것은 다른 누구도 아닌 삼각귀였다. 그는 야차를 늘어트리며 돌아섰다. 자신들이 쳐들어왔던 방향을 주시하였다.

폭풍처럼 질주하는 이가 하나 있었다. 단신으로 천마회 마인들 사이로 파고들어 길을 여는 자가 있었다.

삼각귀는 그가 누군지 알았다.

그리하여 웃었다. 패도 야차를 재차 거머쥐고 돌진했다.

비가 내렸다. 폭우로도 씻어 낼 수 없는 피비린내가 일대를 뒤덮었다.

삼각귀와 검제가 서로를 직시했다. 격돌했다.

☯

검신은 눈을 꾹 감고 기다렸다. 무공을 잃은 그는 전장에 설 수 없었다. 눈에 띄는 곳에 서서 지휘를 하는 것도 민폐였다. 자신을 지키기 위해 천검문의 강력한 고수를 남기는 일 또한 생각하지 못할 일이었다.

검신은 홀로 폐관수련을 위한 수련동에 들어갔다. 맏이인 정은 차기 장문인이 될 사람이었기에 함께 숨을 수 없었다. 정은 전장에 나서지는 않더라도 최소한 전투를 지휘하는 위치에는 있어야 했다.

검신은 오랜 세월을 함께한 수련동에서 아늑함을 느꼈다. 돌이켜 보면 밖에서 보낸 시간보다 이 안에서 보낸 시간이 더 길 것만 같았다.

검신은 한숨을 길게 토했다. 수련동에서 추억을 돌이켜 볼 여유도, 잃어버린 무공에 대한 회한에 접어들 틈도 없었다. 그저 돌아섰다. 수련동 입구를 향해 목소리를 토했다.

"여긴 어찌 알고 온 것이냐?"

"네놈이 몸을 숨길 곳이 이곳 말고 또 어디 있더냐."

수련동 입구에 선 것은 귀신 가면을 쓴 남자였다. 검신은 그가 누구인지 알았다.

"너답지 않구나. 그런 가면 쪼가리에 몸을 숨기고 말이다. 그렇지 않더냐, 혁린?"

권신 혁린.

그는 가면 속에서 활짝 웃었다. 검신의 말에 응답이라도 하듯 천천히 가면을 벗었다.

수련동에는 야광주가 박혀 있었다. 권신은 수련동 안쪽으로 발걸음을 떼어 검신에게 다가갔다.

"무공을 잃었다더니, 감은 아직 살아 있구나."

검신은 구태여 답하지 않았다. 꼿꼿이 서서 다가오는 권신을 노려보았다.

권신이 검신의 일 장 앞에 멈춰 서서 어깨를 늘어트렸다.

"재미없게 되었어. 네놈과의 일전을 기대했는데 말이야. 늘 서로의 입장 때문에, 사황오제삼신의 맹약 때문에 생사결의 싸움을 펼치지 못했지."

검신은 권신보다 한 세대 앞의 인물이었다. 하지만 둘은 서로를 오랫동안 알고 지냈다. 호적수로 서로를 의식하고 보낸 세월이 한평생이라 해도 과언이 아니었다.

하지만 둘은 진지하게 서로의 무를 겨루어 본 적이 없었다. 무림맹주와 천검문주라는 지위 때문이 아니었다.

둘 모두 너무 강했다.

싸우면 둘 가운데 하나는 죽는다. 치명적인 상처를 입고 만다.

하지만 그 속에는 다른 이유가 하나 더 숨어 있었다.

권신과 검신은 무인이었다. 싸움의 결과가 두려워 대결을 꺼려하는 이들이 아니었다.

두 사람이 격돌하지 않은 진정한 이유.

검신은 눈을 감았다. 다시 한 번 한숨을 길게 토했다.

"역시나 속거나 이용당한 것이 아니었구나. 네놈 스스로의 의지였어."

광룡의 주구가 된 것도, 천인회를 꾸려 이 일에 가담한 것도 모두 다.

검신은 권신을 좋아하지 않았다. 아니, 싫어한다고 표현하는 것이 맞을 터였다.

하지만 검신은 권신이 강호에서 흔히 말하는 협의지사라는 사실만은 인정했다. 그런데 이제는 아니었다. 권신은 광룡의 주구가 되어 무림에 숱한 피를 흘렸다. 위선의 가면을 쓰고 천인회를 꾸려 무언가 알지 못할 음모를 진행하고 있었다.

어째서 이리된 것일까?

권신은 왜 이렇게 행동한 것일까?

검신이 권신을 잘 아는 만큼 권신도 검신을 잘 알았다. 그는 검신이 어떤 의문을 품고 있는지 알았다.

본래 계획은 이렇게 길게 이야기를 나누는 것이 아니었다. 하지만 권신 자신 역시 사람인지 애증의 대상인 검신을 그리 쉬이 떠나보낼 수 없었다. 저도 모르게 입술을 열어 물었다.

"검신, 네 녀석은 '그날의 진실'을 들었을 때 어떤 생각을 했지?"

사황오제삼신들 사이에 전해져 내려오는 비밀.

'그날'의 진정한 전모.

검신은 즉답하지 못했다.

권신이 입술을 비틀어 웃었다.

"검신 용화성은 비겁한 자였다. 그리고 이후의 사황오제삼신들 역시 마찬가지였지. 너와 나도 크게 다르지 않아."

검신 용화성. 혈랑마존의 혈겁에서 살아남은 유일한 사황오제삼신.

정사새외 모두가 고금제일무라 인정하는 혈랑마존을

꺾고 무림을 구한 일세의 영웅.

백 년 전, 사황오제삼신이 혈랑마존을 막아 냈다.

열둘 가운데 하나를 제외한 나머지 전원이 목숨을 잃었지만, 끝내 세상을 환란에 빠지게 한 대마두를 쓰러트렸다.

그것이 사황오제삼신의 전설.

무림사에 영원히 기억될 위대한 이야기.

권신은 고개를 가로저었다.

"선대는 혈랑마존을 막지 못했다. 오히려 처참하게 살해당했지."

모두 꾸며 낸 이야기에 불과했다.

사황오제삼신은 혈랑마존을 막지 못했다. 그가 장난스럽게 휘두른 손짓 몇 번에 처참하게 살해당했다. 검신 용화성이 살아남은 것은 그저 우연에 불과했다.

혈랑마존을 막아 낸 자는 따로 있었다.

혈랑마존을 꺾고 무림을 구한 자는 사황오제삼신이 아닌, 다른 누군가였다.

"번개를 부리는 귀신의 혈족."

검신 용화성은 그렇게 말했다. 자신이 목도한 자를, 단신으로 혈랑마존을 꺾어 낸 그 남자를 그렇게 불렀다.

"검신 용화성은 비겁한 자였다. 대의로 자신을 포장해 스스로를 속였어."

귀신의 혈족은 혈랑마존과 사실상 동귀어진했다. 그는 죽음이 임박한 몸을 이끌고 유일한 목격자인 검신 용화성에게 말했다.

"혈랑마존은 언젠가 다시 돌아올 것이다."

검신 용화성은 그 사실을 무림에 숨겼다. 무림이, 제가 다시금 언제 올지 모를 혈랑마존의 공포 속에 떨게 할 수 없다는 것이 그의 이유였다.

그리고 그는 귀신의 혈족의 존재 또한 감추었다. 오직 후대의 사황오제삼신에게만 그 사실을 전했다.

"힘을 길러라. 그리하여 이번에야말로 무림의 힘으로 혈랑마존을 막아 내라."

사황오제삼신들은 그 비밀을 발설하지 않았다. 이미

무림의 정신적 지주가 된 사황오제삼신이었다. 진실의 폭로는 무림에 혼란만을 야기할 뿐이었다.

그런 대의. 그런 이유.

권신도 결국엔 비밀을 지킬 수밖에 없었다. 그리고 그것은 검신 또한 마찬가지였다.

검신은 지친 얼굴이 되었다. 권신에게 물었다.

"그래, 네 말대로 우리 모두 비겁한 짓을 하였지. 하지만 그것과 이 일이 무슨 연관이 있더냐. 검신 용화성은 비겁한 자였지만 우리에게만은 진실을 전했다. 혈랑마존은 돌아올 것이다. 그리고 돌아올 그 마인을 막기위해 우리 사황오제삼신은 무림의 힘을 성장시켰다. 네가 맡았던 무림맹주부터가 정사새외 간의 무익한 대립을 없애 무림 전체의 힘의 감소를 막기 위해서가 아니었더냐."

혈랑마존은 돌아온다. 그를 막기 위해서는 통일된 힘이 필요하다.

무림 전체의 힘은 백 년 전에 비해 비약적으로 발전했다. 하지만 아직도 부족했다. 검신 용화성이 표현한 혈랑마존을 막아 내기에는 무림의 힘이 모자랐다.

권신은 지금 무림을 엉망으로 만들고 있었다. 광룡은

혈랑마존과 사황오제삼신 사이의 진실을 몰랐다. 그러니 무림을 공격하는 그들의 작태를 이해는 할 수 있었다. 그들이 무림의 힘을 경계하는 것은 이상하지 않은 일이었다.

하지만 권신은 아니었다. 그가 이렇게 행동하는 것에는 이유를 가져다 붙일 수 없었다.

권신이 안타깝다는 듯이 혀를 찼다.

"검신, 난 무림을 없앨 것이다. 무림이 있기에 혈랑마존이 나타났다는 생각은 해 보지 않았더냐?"

검신은 순간 말문이 막혔다. 권신의 이야기에 납득했기 때문이 아니었다. 그의 말이 너무나 어처구니없었기 때문이다.

무림을 없앤다.

무림이야말로 혈랑마존이 탄생한 원인이다.

"초인."

권신은 짧게 끊어 말했다. 검신에게 한 발 다가섰다.

"당금의 무림인은 실로 초인이라 할 수 있지. 과거의 너와 현재의 내가 할 수 있는 일들을 생각해 보아라. 단신으로 일천의 무리를 상대할 수 있다. 너무 강한 힘이지. 너무 지나친 힘이야."

홀로 군대에 대적할 수 있다. 황실의 담을 넘어 황제의 목숨을 위협할 수 있다.

마인, 마두들을 보라. 미쳐 버린 그들이 그 엄청난 힘으로 세상에 저지른 패악을 보라.

검신은 권신이 무슨 이야기를 하는지 알았다.

"혁린, 미친 게로구나."

"무엇이 미쳤다는 것이냐? 너는 정신 나간 살인마 하나가 수백, 수천 명의 목숨을 앗아 갈 수 있는 세상이 그럼 제대로 된 세상이라 말하고 싶은 것이냐?"

"네놈은 지금 검이 사람을 죽일 수 있으니 검을 없애자고 말하고 있다! 그리고 돌아올 혈랑마존은, 고금제일마의 후인은 대체 어찌할 셈이냐!"

"통제할 수 없는 무력을 없애고자 함이다. 세상을 종횡하는 마두들의 해악 자체를 줄이고자 하는 것이다. 나와 너는 분명 천하제일을 논할 만한 무를 이루었다. 하지만 그래서 결국 무엇이란 말인가. 우리가 손가락 하나로도 찍어 눌러 죽일 수 있는 것들이 하찮은 무공을 휘두르며 힘없는 민초들을 억압할 때 우린 무얼 할 수 있냔 말이다!"

"그렇다면 천마회에게 죽은 이들은 무엇이란 말이냐!

대를 위한 소의 희생이라 말할 셈이냐?!"

권신은 싸늘하게 웃었다. 더는 검신과 쓸데없는 논쟁을 이어 나갈 생각이 없었다. 오른 주먹에 황금빛 권기를 일으키며 말했다.

"돌아올 혈랑마존을 막아 낼 방법은 있다. 그러니 그것에 대해서는 걱정하지 말거라."

권신이 검신에게 한 발 더 다가섰다.

검신은 이를 악물며 검을 뽑아 들었다. 수십 년 내공은 모두 잃었지만, 그렇다 하여 무력하게 죽음을 받아들일 수는 없었다.

"천마회로 무림을 없앨 수 있다 생각하느냐?!"

"무리겠지. 완전히는 무리야. 그래서 천인회가 존재하는 것이다."

검신은 이해할 수 없었다. 천인회는 결국 무림인들의 조직이었다. 천인회로 어떻게 무림을 없앤단 말인가.

권신이 고개를 내저었다.

"이해할 수 없겠지. 평생을 하늘의 검에만 바친 네가 생각할 수 있는 일이 아니다."

검과는, 무공과는 다른 이야기였다. 더럽고 추잡한 협작과 정치가 뒤섞인 이야기였다.

"너와의 연도 길었다. 이제 그만 이별이다."

권신이 진각을 밟았다.

검신은 생애 최후의 검을 펼쳤다.

검신이 그려 낸 검의 궤적은 아름다웠다. 하지만 그 옛날과 같은 속도와 힘을 담지 못했다. 권신은 검신의 검을 막지도 않았다. 호신강기로 가벼이 튕겨 낸 뒤 검신의 품으로 파고들었다.

권신의 주먹이 검신의 가슴에 닿았다. 막대한 황금빛 기운이 검신의 육신 속으로 파고들었다.

검신이 피를 토했다. 비틀거렸고, 권신의 품 안으로 무너져 내렸다.

"혈랑…… 마존…… 을…… 어찌…… 막……."

쥐어짜 낸 생애 최후의 물음이었다.

권신은 죽어 가는 검신의 귀에 전음을 보냈다.

[귀신의 혈족의 무공을 이은 자. 그가 우리와 함께하고 있다.]

혈랑마존을 단신으로 막아 낸 진정한 구세주.

그가 사용한 무공. 그의 무공을 이어받은 자.

뇌신, 폭뢰의 용.

광룡의 진정한 주인, 천룡!

검신의 숨이 끊어졌다. 권신은 검신의 시신을 바닥에
눕혔고, 주먹으로 내려쳐 상체를 박살 냈다. 수련동 밖
에는 천검문 무사 둘과 천마회 마인 넷의 시신이 있었다.

권신은 천천히 걸었다. 일을 마무리 짓기 위해 수련
동을 나섰다.

제29막
격전

아랑이었겠지. 스승님에게 반하지 않았더라면, 그 사
람을 사모하지 않았더라면.

— 애묘

신조는 질풍처럼 내달렸다. 사정혜와 월아단이 뒤처
졌지만 그들을 기다릴 여유가 없었다. 천검문이 있는
하늘이 정도 이상으로 어두웠다. 쏟아지는 장대비 때문
만은 아닐 터였다.

'아랑의 예상보다 천마회의 천검문 공격이 빨라.'

이는 좋지 못했다. 도황에게 가 있던 검제를 부른 것
도 아랑이었다. 만약 지금 천검문에 검제가 없다면 일
이 아주 어려워질 가능성이 높았다.

'삼각귀!'

도황의 사형인 패천일도.

그는 강했다. 제아무리 무광이 넘쳐 나는 천검문이라
해도 그를 맞상대할 수 있는 자는 손에 꼽을 것이 분명
했다. 아니, 단독으로 맞설 수 있는 것은 검제 백강호
하나뿐이리라.

신조는 이를 악물었다. 속도를 조금 더 높였다. 주변
사물이 쏜살처럼 물러섰다.

천검문은 하늘의 검을 성취하기 위해 세상 모든 검을
연구하는 무리들이었다. 때문에 다른 어떤 문파보다도
비무에 적극적이었고, 외부인과의 교류 또한 망설이지
않았다.

그런 천검문의 특성 때문인지 천검문 본산 부근에는
오가는 수많은 검객들을 위한 숙박업소들이 많는데,
차츰 규모를 불리더니 아예 커다란 마을을 이루었다.

신조는 마을에 도달했다. 천검문에서 미리 사람들을

대피시키기라도 했는지 규모에도 불구하고 유령 마을처럼 사람 하나 없이 조용했다.

신조는 고개를 높이 들었다. 장대비가 여전히 시야를 가로막았지만 심상치 않은 일들이 벌어지고 있음을 명확히 느낄 수 있었다.

폭음이 울려 퍼졌다.

벽력탄의 폭음이었다. 외마디 비명과 병장기 부딪치는 소리도 어렴풋이나마 들려왔다.

신조는 급히 치달리는 대신 잠시 제자리에 멈춰 섰다. 호흡을 가다듬고 싸울 태세를 갖추었다.

조금 있으면 사정혜와 월아단이 합류할 터였다. 신조는 아랫입술을 가볍게 핥았다. 자신의 목표를 분명히 하였다.

천검문에는 고수가 많다. 천마회에 결코 밀리지 않을, 오히려 압도할 만큼 거대한 힘을 가진 문파다.

신조 자신의 목표는 잡병이 아닌 삼각귀를 위시한 천마회의 초절정고수들이었다.

신조는 지면을 박찼다. 비상하는 매처럼 공중으로 솟구쳐 올랐다.

청룡은 뒤를 돌아보았다. 술사는 경계의 영역에 한 발을 걸치고 있기에 다른 이들보다 육감이 발달하기 마련이었다.

그 육감이 말했다.

신조가 왔다.

등 뒤에서 쇄도하고 있다.

청룡은 기문둔갑의 술을 발휘해 숲 깊은 곳에 은신해 있는 상태였다. 육안으로는 전장을 살필 수도 없는 곳에 위치한 청룡이지만 사역마로 삼은 천마회 마인들을 주술의 매개체로 삼아 전선의 식신들을 부리고 있었다.

청룡은 호흡을 가다듬었다. 자신이 펼친 은신의 주술은 완벽했다. 제아무리 신조라 해도 꿰뚫어 보지 못할 것이 분명했다. 아니, 애당초 자신이 있는 곳 근처를 지날 일도 없을 터였다.

맹저는 좋은 스승이었다. 그녀는 자신의 거의 모든 것을 청룡에게 전수해 주었다. 단 하나, 그녀가 십삼조의 스승에게 전수받았을 '절기'를 제하고 말이다.

청룡 또한 좋은 제자였다. 그녀는 맹저의 가르침을 모두 흡수했다. 맹저와는 성향 차이가 있어 잘하고 못하는 분야가 달랐지만, 그녀의 모든 주술을 사용할 수 있다는 점에서는 차이가 없었다.

청룡은 사령을 통해 멀리 있는 자와 대화를 나누었다. 그리고 다시 전장에 집중했다.

이제 곧 신조가 전장에 합류한다.

하지만 이곳 동쪽 전장에는 신조가 목표로 할 만한 초절정 고수가 존재하지 않았다. 신조의 목표들은 죄다 서쪽 전장에 몰려 있었다.

'관건은 검제와 삼각귀의 싸움.'

삼각귀가 이기면 좋겠지만, 져도 크게 아쉬울 것은 없었다. 어차피 산화하기 위한 싸움. 삼각귀라면 지더라도 검제에게 치명적인 상처를 입힐 수 있으리라.

비가 내렸다. 차가운 공기가 청룡을 기분 좋게 하였다.

맹저.

불현듯 떠오른 스승의 얼굴을 머릿속에서 지운 청룡은 다시 식신에 집중하였다. 신조가 온다면 더 좋았다.

십삼조는 오늘 이 자리에서 제거되리라.

검광(劍狂) 마천록은 인상을 찌푸렸다. 천마회 마인들과의 혈전은 그를 흥분시켰지만 식신들과의 싸움은 아니었다. 식신들은 일단 검을 쓰지 않았다. 완력과

기기묘묘한 신체들을 활용한 공격이 주였고, 어떤 놈은 입에서 독이나 불을 뿜기까지 하였다.

거기다 단단했다. 검기를 씌운 검으로도 단칼에 베어낼 수 없었다.

자연 짜증이 났다. 검을 만병지왕으로 생각하는 그에게 있어 이런 상대와의 싸움은 하등 도움될 것이 없었다.

하지만 검광은 물러설 수 없었다. 위에 나열한 특성들 때문에 식신을 상대할 수 있는 고수는 한정적이었고, 검광은 그 한정적인 고수들 가운데 하나였다.

"크오오!"

눈앞의 식신은 전신이 붉었다. 얼굴이 황소처럼 생겼는데, 양 주먹이 비정상적으로 거대했다. 보통 사람 세 배는 될 만한 덩치가 주먹과 뿔을 앞세우고 돌진하니 천하의 검광 마천록도 놈의 공격을 회피하는 것이 고작이었다.

전장이 소모전 양상을 띠기 시작했다. 이는 천검문에 좋지 못했다. 결국 천마회를 막아 낸다 할지라도 막대한 인명 피해를 입으면 결국 천검문도 녹림과 똑같은 꼴에 처할 수밖에 없었다.

검광은 스스로를 독촉했다. 이 자리에 있는 천검문

고수들 가운데서 나름 수위에 드는 자신이 무언가 수를 마련하지 못한다면 전황을 뒤집을 수 없었다.

벽력탄이 계속 터져 천검문도들이 검진을 펼치는 것을 막았다. 하나 구하기도 힘든 벽력탄을 벌써 수십 개나 터트린 놈들의 저력에 검광은 욕지거리를 토했다. 일반 문도 몇을 짓뭉개고 있는 붉은 식신을 향해 진각을 밟았다. 되든 안 되든 최소한 놈이 자신을 돌아보게 하기 위해 필살의 찌르기를 준비하였다.

하지만 그런 검광보다 더 빠른 자가 하나 있었다.

불꽃이었다. 전신에서 불길 같은 붉은 기운이 넘실거려 처음에는 그렇게 보였다.

남자. 그 이상은 식별할 수 없었다.

장대비 속에서 움직이는 그 남자의 움직임이 너무나 빨랐다.

식신도 남자를 포착했다. 괴성을 지르며 자신의 측방으로 파고드는 남자를 향해 주먹을 휘둘렀다. 세상에서 가장 흉악한 철퇴도 저보다는 못할 것이 분명했다.

하지만 남자, 신조는 조금도 물러서지 않았다. 오히려 속도를 높였다. 바닥에 거의 밀착하듯 자세를 낮춰 주먹을 피한 뒤 식신의 품으로 파고들었다.

내지른 것은 일장.

처음에는 아무 일도 없었다. 성난 식신이 품 안에 파고든 신조를 치기 위해 몸을 돌리기까지 하였다.

하지만 그다음에 일이 터졌다. 식신이 돌연 비명을 토하더니, 거짓말처럼 제자리에 무너져 내렸다.

홍련(紅蓮).

화기를 머금은 내력을 적의 육신에 직접 때려 박아 내부에서부터 폭발을 일으키는, 일종의 발경이었다.

검광은 갑자기 나타나 그토록 애를 먹이던 식신을 일수에 물리친 신조에 깊은 관심을 표했지만, 신조는 그런 검광을 돌아볼 여유가 없었다.

신조는 빠르게 전장을 살폈다. 과연 예상대로 천검문과 천마회의 마인들은 호각지세의 싸움을 벌이고 있었다. 당장에 방해가 되는 것은 방금 무찌른 것과 같은 괴물들이었다.

신조는 이 괴물들을 잘 알고 있었다. 함께 싸운 일도 몇 번이나 있었다.

맹저가 자랑하던 여러 주술들 가운데 하나인 십이지신장(十二支神將)이었다.

신조는 이를 악물었다. 이 전장 어딘가에 청룡이 숨

어 있다 생각하니 분노가 끓어올랐다.

남은 식신의 수는 모두 합쳐 열하나였다. 일단은 식신들을 격퇴해야 했다. 난생처음 상대하는 식신들에게 발이 묶인 고수들을 자유롭게 해 전황을 유리하게 이끄는 것이 우선이었다.

'삼각귀는 다른 곳인가?'

보이지 않았다. 아마도 이곳 말고도 전장이 하나 더 구축되었을 것이 분명했다.

신조는 마음이 급해졌다. 일시적으로 화기를 집중시키는 것에서 그치지 않고 아예 불사신조를 발동시켜 십이지신장과 마인들을 쓸어버리고 싶었지만, 지금은 참아야 했다.

불사신조는 분명 강력한 무공이지만, 그 지속성에 결함이 있었다. 지금 같은 소모전에서 펼칠 무공이 아니었다.

신조는 다시 십이지신장들에게 의식을 집중시켰다. 지면을 박차 복잡한 전장을 질주했다.

신조가 두 번째로 노린 표적은 토끼 식신이었다. 잿빛 털 사이에 형형히 빛나는 붉은 눈이 기괴하기 짝이 없었는데, 양손에 거머쥔 석장으로 주변 일대를 휘젓고 있었다.

신조는 숨을 삼키고 은형술을 펼쳤다. 기감을 지우고 놈의 등 뒤를 파고들었다. 공기를 찢어발기는 석장은 분명 흉흉했지만, 그래 봐야 결국 하나의 궤적에 불과했다.

지면을 박차 공중으로 치솟은 신조는 허공에서 발을 놀렸다. 독수리가 먹이를 낚아채듯이 식신의 목을 노리고 몸을 날렸다.

꽝음과 함께 다시 한 번 일장이 작렬했다. 미쳐 날뛰던 식신은 속절없이 목 뒤를 가격당했고, 입 밖으로 홍련의 여파를 토해 냈다.

신조는 무너지는 놈을 신경 쓰지 않았다. 다음 식신을 찾아 눈동자를 굴렸다.

천검문 문도들은 갑자기 나타난 신조에게 크게 신경을 쓸 여력이 없었다. 그만큼 난전이었기 때문이다. 하지만 그래도 몇 마디 외칠 여유조차 없는 것은 아니었다. 토끼 식신을 상대로 고전을 면치 못했던 천검문 고수 하나가 신조의 뒷모습을 보고 외쳤다.

"고맙소!"

식신과 마인을 상대로 싸우고 있으니 어쨌든 적은 아니었다. 지금 당장은 그것으로 충분했다.

청룡은 식신을 통해 신조가 싸우는 모습을 보았다. 역시나 신조는 식신들의 약점을 명확히 알고 있었다. 천검문의 위명 높은 고수 여럿이 달라붙어도 겨우 상대하던 식신들을 손쉽게 처리하였다.

십삼조는 늘 이런 식이었다. 서로의 약점이 될 수 있는 것들을 서슴없이 공유하였다.

십이지신장으로는 신조를 상대할 수 없었다.

청룡은 숨을 골랐다. 시간과 수를 동시에 헤아린 뒤 결단을 내렸다. 수인을 맺고 있는 청룡의 손이 바삐 움직이기 시작했다.

"키에에에에!"

남아 있던 십이지신장들이 돌연 괴성을 토하더니 제멋대로 흩어지기 시작했다. 공격을 한다기보다는 그저 천검문도들 사이로 파고드는 것이 목적으로 보였다.

신조는 눈을 크게 떴다. 지금 무슨 일이 일어나려 하는지 이해했기 때문이다.

"흩어져!"

필사적으로 외쳤지만 소용없는 일이었다. 난전이 펼

쳐지고 있는 전장이었다. 쏟아지는 비가 신조의 목소리가 멀리 퍼져 나가는 것을 막았고, 신조의 목소리를 들은 자들도 어찌 몸을 놀리기 힘겨웠다.

십이지신장이 전장 곳곳으로 퍼졌다. 그리고 폭발했다.

벽력탄 두어 개가 동시에 터진 것과 같은 대규모 폭발이었다. 근방 오 장 내에 있던 천검문도와 천마회 마인, 귀졸들이 피아를 가릴 것 없이 폭발에 휩쓸렸다.

끔찍한 광경이었다. 생사의 경계에서 검을 휘두르던 천검문도들 가운데 몇은 멍청히 서서 폭발의 잔해를 바라보았다.

신조를 이를 갈았다. 청룡의 의도가 훤히 눈에 보이는 것 같아 분노가 치밀어 올랐다.

최대한 많은 수의 고수들을 죽인다.

이 전투를 소모전으로 끌고 가 천검문의 힘을 약화시킨다.

하지만 그것이 끝이 아니었다. 청룡의 주술은 단순한 폭발로 그치지 않았다.

모두 열 곳의 폭발지로부터 검은 사기가 휘몰아쳤다. 천검문도와 천마회 마인들의 영혼 모두를 집어삼킨 그것이 허공에서 집결하였다. 바라보는 것만으로도 그 흉성에 영혼을 빼앗길 것만 같은 악의의 집결체였다.

맹저의 주술 가운데 저런 것은 없었다. 신조도 난생처음 보는 것이었다.

먼 곳에서 청룡이 웃었다. 수인을 맺어 주술을 마무리 지었다.

검은 사기가 형상을 갖추기 시작했다. 삼두육비의 괴물로, 그 크기가 사 장에 달할 정도로 컸다. 이국의 신화 속에 등장하는 투귀 아수라의 모습이었지만, 이를 알아보는 이는 몇 없었다. 신조 또한 새로이 괴물이 뿜어내는 흉성에 이를 악물 뿐이었다.

청룡이 지닌 비장의 주술이었다. 식신을 부리는 데 있어서만큼은 맹저보다 뛰어난 재능을 타고난 청룡은 이 주술을 형상의 주인을 따 아수라라 이름 붙였다.

신조는 더 이상 힘을 아낄 때가 아님을 직감했다. 불사신조 이식을 발동시켰다. 그리고 때를 같이하듯 전선 외곽부에서 이변이 일어났다.

피 보라가 휘몰아쳤다.

이능이나 주술에 의한 것이 아니었다.

순수한 무력. 마인들의 피와 육신이 허공에 난무하며 생긴 형상이었다.

"살성!"

"살성 사정혜!"

"월아단이다!"

천검문도들 가운데 몇이 소리쳤다. 검제와 어울려 다니는 흑사문의 후계자는 천검문도의 관심을 끌기에 충분했고, 대부분의 천검문도들이 사정혜의 인상착의를 풍문으로나마 알고 있었다.

사정혜와 월아단은 실로 검은 폭풍과도 같았다. 좌중의 관심이 집결된 검은 사기의 결정체, 아수라를 무시하고 오로지 천마회 마인들을 두들기는 데에만 주력했다.

개인 대 개인의 난전 상황인 전장에 '부대'가 등장한 효과는 실로 지대했다.

사정혜는 이곳에서 자신과 월아단이 무엇을 해야 하는지 알았다. 때문에 아수라에게 달려들지 않았다. 천마회 마인들을 향해 가늘고 긴 대태도를 휘두르며 소리쳤다.

"맡길게!"

말속에 담긴 뜻은 분명했다.

신조는 정면을 노려보았다. 형체를 완벽히 갖추고 하늘을 향해 포효하는 아수라를 향해 진각을 밟았다.

비상했다.

●

서쪽 전장 역시 치열했다.

동쪽 전장이 황실제일술사 청룡에 의해 이매망량이
날뛰는 괴력난신의 장이 되었다면, 서쪽 전장은 검제와
삼각귀 사이에 펼쳐지는 무공이 대격돌하는 인간의 장
이었다.

검제와 삼각귀는 자기 혼자만의 힘으로 지금의 무를
쌓아 올린 것이 아니었다.

검제에게는 천검문이 있었다. 세상의 모든 검을 하나
로 모은 궁극의 하나, 하늘의 검을 추구하며 정련한 수
많은 검사들의 정수가 검제의 검에 담겨 있었다.

삼각귀도 다르지 않았다. 극쾌와 극강, 이 둘 모두를
추구하기 위한 선대의 노력과 황실이 천마회를 통해 얻
은 성과가 삼각귀의 무공에 하나되어 있었다.

삼각귀는 강(强)이었다. 직선이었다. 그의 도는 실로
정직했다.

노도(怒濤). 질풍(疾風).

검제는 그런 삼각귀의 공격을 흘려보낼 생각을 하지 않았다. 부드러움으로 굳셈을 제압하는 것에도 한계가 있는 법이었다.

검제가 택한 것은 정공법이었다. 강함에 강함으로 맞선다. 직선에 직선으로 대처한다.

완전한 정면충돌이었다. 더 약한 쪽이 깨지고, 더 강한 쪽이 승리하는 단순한 싸움이었다.

검제의 전신에서 기운이 폭발하듯 일었다. 푸른 귀기가 안광에 어렸다.

검제가 천검문에서 배우고 익힌 수많은 검들 가운데 하나였다.

천검문. 하늘의 검을 위해 세상의 모든 검을 연마하는 무리들의 집단. 극쾌와 극강을 동시에 추구하는 무공이라면 천검문에도 있었다. 그리고 그것은 지난 세월 검제가 익힌 세 가지 검 가운데 하나였다.

전광(電光).

검제의 검과 삼각귀의 도가 격렬하게 충돌했다. 둘의 기운이 대립하는 것만으로도 주변 일대가 진감했고, 그 누구도 둘의 싸움에 끼어들 생각을 하지 못했다.

삼각귀는 환희에 찬 미소를 그렸다. 검제와의 싸움은 삼각귀에게 무한한 희열을 가져다주었다.

두 가지 이유 때문이었다.

하나는 검제가 삼각귀 자신의 모든 무공을 받아 낼 수 있는 호적수이기에, 싸움에 대한 갈망을 모조리 해소할 수 있는 최적의 상대이기 때문에.

그리고 다른 하나는, 이러한 검제 또한 결코 천룡의 상대가 될 수 없다는 그 사실 때문에!

콱카가가가강!

강기와 강기의 충돌이 세상을 짓찢었다. 벽력이 지상에 치듯 격렬한 파공음이 주변 일대를 장악했다.

검제와 삼각귀의 싸움을 길지 않을 터였다. 길게 이을 수 없는 싸움이었다.

이기는 것은 누구일 것인가.

아무도 속단할 수 없었다.

❛

맹저는 말했다.

식신은 결국 주술이 만들어 낸 환상에 불과하다. 그것은 이 세상에 나고 자란 이 세상의 존재가 아닌, 경계 너머에 존재하는 괴수에 불과하다.

때문에 모든 식신에는 반드시 약점이 존재하는 법이었다.

사기를, 사령을 이 세상에 응집시키는 핵심부의 존재. 그것을 파하면 식신은 이 세상에 존재할 힘을 잃는다. 다시 경계 너머로 사라질 뿐이다.

신조는 맹저가 부리는 모든 식신들의 약점을 알았다. 그리고 이를 통해 한 가지 사실을 알게 되었다.

식신의 핵심부는 몸통을 벗어나기 힘들다. 사지가 달려 인간의 형상을 한 것들일수록 더 그러하였다. 핵심부가 발끝이나 손끝에 달리면 그로부터 멀리 떨어진 곳의 사기가 흩어지기 쉽기 때문이었다.

신조는 아수라를 노려보았다. 허공을 박차 공중으로 치솟으며 자신이 노려야 할 곳을 분명히 하였다.

단전보다 조금 더 위, 명치보다 아래에 위치한 몸의 정중앙. 저 정도로 거대한 식신이라면 그곳 외에 다른 곳을 생각할 수 없었다.

홍련, 아니, 가루라를 쓴다.

일격에 핵심부를 파괴해 조속히 아수라를 소멸시킨
다.

　아수라가 괴성을 토하며 신조에게 여섯 개의 팔을 휘
둘렀다. 각각의 팔이 쥔 검과 석장 등 여섯 개의 무기
가 서로 다른 궤적을 그리며 신조에게 쇄도했다.

　시점을 객관화하는 능력.

　신조의 장기가 지금 이 순간 빛을 발했다. 사지에 이
어진 공격은 아무리 빠르다 하나 결국 하나의 궤적을
그릴 뿐이었다. 그리고 그 궤적은 본래 시작점과 연속
성을 가져야 하니, 결국 여섯 개의 선이나 다름없었다.

　신조는 그 여섯 개의 궤적을 읽어 냈다. 그리고 물러
나는 대신 파고드는 것으로 그 궤적을 모두 피해 냈다.

　'피해야 하는 궤적은 모두 셋.'

　여섯 모두 피할 것도 없었다. 여섯 개의 궤적은 서로
겹칠 수 없으니, 결국 멀리 돌아가거나 피해를 입히지
못하는 궤적이 생기기 마련이었다.

　허공을 박차 첫 번째 궤적을 피했다. 그러고는 공중
에서 몸을 틀어 두 번째 궤적 위에 올라탔다. 디딤대
삼아 도약하였고, 세 번째 궤적을 흘려보냈다. 마침내
목표로 한 지점에 당도해 일수를 내뻗었다.

불사신조, 용살의 법.

가루라!

불길과도 같은 붉은 강기에 휩싸인 신조의 오른팔이 아수라의 가슴 깊이 파고들었다. 신조는 거기서 멈추지 않았다. 검은 사기 속에서 날카로이 세웠던 수도를 회전시켜 장의 형태를 만들었다. 그대로 내공을 주입했다.

홍련(紅蓮)!

아수라의 내부에서부터 붉은 연화가 화려하게 꽃피었다. 사기를 헤집으며 그 힘을 발하였다.

하지만 순간뿐이었다. 신조가 일으킨 화기가 사기에 짓뭉개졌다.

사기가 너무 두터웠다. 모두 꿰뚫을 수 없었다.

"큭!"

신조는 급히 찔러 넣었던 오른팔을 회수했다. 아수라가 그런 신조를 털어 내듯 손바닥을 휘둘렀고, 신조도 이번에는 피할 수 없었다. 무지막지한 힘에 짓눌려 바닥을 나뒹굴었다.

"크헉!"

아수라의 공격은 단순한 타격에 그치지 않았다. 사기
가 신조의 육신에 침범해 그 내기를 갉아먹었다. 끊임
없이 내력을 생산해 내는 불사신조 이식, 신생이 아니
었다면 방금 일격만으로도 무력화되었을 터다.

신조는 이를 악물었다. 충격에서 육신이 회복할 때까
지 기다릴 여유가 없었다. 자신을 짓밟으려는 아수라의
거대한 발을 피하기 위해 진창이 된 땅 위에서 몸을 굴
렸다. 억지로 숨을 삼키며 다시 한 번 몸을 비상시켰다.

천검문의 고수들이 그런 신조를 도왔다. 저마다 검기
를 날리거나 직접 검으로 아수라를 쳐 틈을 만들어 주
었다.

하지만 신조는 처음처럼 섣불리 아수라의 품에 파고
들지 못했다. 지금의 공격으로 알 수 있었다.

지금 신조 자신의 기술로는 아수라를 제압할 수 없었
다. 저 두터운 사기를 몰아내기 위해서는 그야말로 압
도적인 내공이 필요했다.

신조의 무위는 분명 사황오제삼신에 필적했지만, 내
공까지 그러한 것은 아니었다. 불사신조 일식을 각성한

이후 나날이 내공의 증진 속도가 빨라졌지만, 그렇다 해도 아직 부족했다.

어찌할 것인가.

어떻게 저 아수라를 물리칠 것인가.

빗줄기가 점점 가늘어졌다. 하늘은 여전히 어두웠지만 쏟아지는 양이 줄어들었다.

신조는 다시 지면을 박찼다. 어찌 되었든 이대로 주저앉을 수는 없었다. 한 번으로 안 된다면 연격을 퍼붓는 수밖에 없었다.

그런데 바로 그때였다.

아수라가 신조를 무시했다. 그보다 더 중요한 것이 있다는 듯이 괴성을 토하며 질주하기 시작했다.

신조는 아수라의 뒷모습을 보았다. 그리고 아수라가 달려가는 방향에 있는 자를 보았다.

천검문의 고수가 아니었다. 그는 그 양손에 아무것도 들고 있지 않았다.

그 역시 질주했다. 아수라를 향해 마주 달렸다.

"키햐아아아아아아—!"

아수라가 괴성을 토하며 여섯 개의 팔 모두를 휘둘렀다. 마주 달리던 자는 그것을 보았다. 신조처럼 회피하는 대신 주먹을 당겼다. 아수라와 합을 맞추듯 정면을 향해 내질렀다.

권기. 아니, 권강.

주먹에서 일어난 순백의 빛이 아수라의 모든 공세를 분쇄했다. 검은 사기로 이루어진 여섯 개의 팔 모두를 산산이 조각냈다.

사람들은 그가 누군지 알았다. 알 수밖에 없었다.

천하제일권.

"권신!"

부름에 권신은 응답했다. 사납게 웃으며 지면을 박차 올랐다. 신조가 노렸던 바로 그 부위를 향해 일권을 내질렀다. 아수라의 거체에 파고들었다.

아수라가 몸을 떨었다. 비명조차 지르지 못했다. 그리고 그 육신에 타격 지점을 중심으로 수많은 잔금이 그어졌다. 벌어진 틈에서부터 순백의 빛이 일어 아수라를 산산이 조각냈다.

실로 압도적인 내공.

그 내공을 일시에 발산시켜 아수라의 핵심부는 물론이거니와, 그 육신 자체를 허물어트렸다.

세상에 오직 하나, 천하제일의 내공을 지녔다는 권신

만이 할 수 있는 일이었다.

무너진 아수라의 육신 너머, 당당히 선 권신은 똑바로 걸었다. 아수라를 물리친 권신의 압도적인 기세에 천검문도, 천마회도 모두 일순이나마 싸움을 멈추었다. 사정혜와 월아단 또한 권신의 행보에 시선을 집중하였다.

권신은 신조에게 향했다. 호쾌하게 웃으며 말했다.

"반갑다, 신조."

[고금제일마 혈랑마존의 전인이여.]

연이어 이어진 전음이 신조의 정신을 일순간 붙잡았다. 그리고 그렇게 만들어진 틈을, 권신이 비집고 들어갔다.

제30막
생존

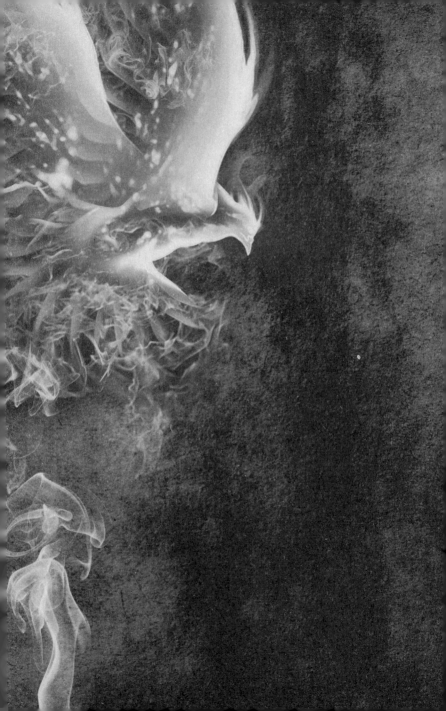

하지만 그래도 신조, 난 그렇게 생각해. 스승님은 우리릴 완전히 저버리시진 못할 거야. 아마도…… 응, 분명 그럴 거야. 난 그렇게 믿고 있어.

— 맹저

●

고금제일마 혈랑마존.

그는 어느 날 갑자기 무림에 나타났다.

그는 광인이었다. 미쳐 날뛰는 살인마였다.

서쪽 땅의 사파 가운데서도 이름 높았던 흑왕채가 그의 손에 전멸했다. 싸움이 시작된 이유에 대해서 아는 사람은 없었다. 이를 궁금하게 여기는 자도 없었다.

이후 혈랑마존이 벌인 일들이 너무나 어마어마했기에 세상 사람들의 기억 속에서 흑왕채는 혈랑마존이 처음 모습을 드러낸 사건 그 이상의 가치를 지니지 못했다.

혈랑마존이 단신으로 무너트린 문파는 수십을 헤아렸다. 그 가운데는 오늘날의 정파구주와 사파칠주에 버금가는 거대 문파 또한 존재했다.

그의 강함은 인세의 존재라 생각하기 힘들었다. 가벼운 손짓 한 번에 절정고수의 목숨을 취하고, 수백 명의 포위망을 아무렇지도 않게 돌파했다.

혈랑마존의 위명이 서쪽 땅을 넘어 제 전체에 널리 퍼지자 그를 따르는 무리들이 생겼다. 혈랑마존은 그들이 자신이 따르든 말든 신경 쓰지 않았다. 아니, 그들 가운데 몇에게는 관심을 보이기까지 하였다.

혈랑마존은 세력이 되었다.

무림뿐만 아니라 황실도 혈랑마존을 경계하기 시작했고, 황실은 육만 대군과 황실 고수 일백을 파견하는 결단을 내렸다.

황실은 혈랑마존을 대수롭지 않게 여겼다. 육만이나 되는 대군을 파견한 것은 이번 일을 기회 삼아 황실의 위엄을 무림에 보여 주기 위해서일 뿐이었다.

혈랑마존은 그 육만 대군을 전멸시켰다. 일백 명의 황실 고수 역시 마찬가지였다.

혈랑마존이 현묘한 전술이나 기책을 사용한 것도 아니었다.

정면으로 육만 대군에 맞섰고, 전멸시켰다.

아무도 혈랑마존을 막지 못했다. 그가 당당히 두 발로 걸어 육만 대군의 총지휘관인 대장군의 앞까지 당도하는 동안, 그리하여 그 손으로 대장군의 목을 쥐어뜯는 그때에도.

혈랑마존을 막을 수 있는 자는 아무도 없었다.

황실은 혈랑마존을 두려워했다. 다시 군사를 파견할 엄두조차 내지 못했다. 황제는 혈랑마존이 황실로 쳐들어와 자신의 목을 쥐어뜯는 악몽에 시달렸다.

고금제일마 혈랑마존.

무림은 그가 천하제일인임을 인정했다. 그리고 그런 그를 물리치기 위해 사상 처음으로 무림의 힘을 하나로 집결시켰다.

사황오제삼신과 무림연합군.

황실은 무림이 일치단결하는 것을 관망하였다.

그리고 마침내 무림과 제의 운명을 건 최후의 결전이 펼쳐졌다.

무림의 열두 지존인 사황오제삼신과 고금제일마 혈랑마존의 격돌.

사황오제삼신은 열두 명 전원이 합공을 펼쳤음에도 불구하고 열한 명이 죽고 검신 용화성만이 빈사 상태로 겨우 살아남는 막대한 희생을 치렀다.

하지만 끝내 혈랑마존을 물리쳤다. 무림과 제를 구하는 데 성공하였다.

이것이 무림에 전해져 내려온 혈랑마존과 사황오제삼신의 이야기.

사람들이 믿고 있는, 믿고 싶어 하는 이야기였다.

◑

권신은 빨랐다. 그리고 그의 전음이 신조의 정신을 붙들었다.

때문에 신조는 충분한 거리가 있었음에도 불구하고

권신의 공격을 제때 포착하지 못했다. 신조가 퍼뜩 정신을 차렸을 때는 이미 권신이 신조의 코앞에 당도해 있었다.

권신이 일권을 내질렀다. 신조는 반사적으로 몸을 뒤로 튕겼다. 불사신조 이식이 스스로 생존의 길을 찾아 내력을 움직였다. 권신의 주먹이 맞닿을 지점에 모든 기를 모아 혼신의 호신강기를 펼쳤다.

권신의 주먹이 신조의 복부에 닿았다. 신조의 호신강기를 무참히 깨트렸다. 하지만 덕분에 위력이 반감되었다. 신조는 충격을 타고 그대로 몸을 날림으로써 다시 한 번 더 공격의 위력을 낮추었다.

하지만 권신의 일격이었다. 연속해서 위력을 반감시켰음에도 불구하고 신조는 온몸이 박살 나는 것만 같은 충격에 휩싸였다.

신조가 튕겨 날아간 거리는 자그마치 오 장이 넘었다. 진탕에 고꾸라져 피를 토하는 신조를 보며 권신은 다시 주먹을 고쳐 쥐었다. 비틀거릴 뿐, 제대로 일어설 엄두조차 내지 못하는 신조에게 다가서며 소리쳤다.

"강호 동도들이여! 천인회가 그대들과 함께할 것이오! 두려워 마시오!"

과연 먼 곳에서 땅 울리는 소리와 고함 소리가 동시에 들렸다. 천인회 무사들이 몰려오고 있는 모양이었다.

권신이 신조를 가리키며 연이어 소리쳤다.

"이자는 광룡 대주 둘을 살해한 대역죄인이오! 이미 황실의 요청이 있었을 뿐만 아니라, 이번 천마회 사건에도 어떤 연관이 있을지 모르니 본좌가 제압하겠소!"

식신과 맞서 싸웠던 신조를 갑자기 공격한 권신의 행보에 의아함을 느낀 천검문 고수들은 권신의 말에 혼란을 느꼈다. 하지만 이에 반박하거나 동조할 겨를이 없었다. 천마회 마인들이 몰락을 앞두고 마지막 발악을 시작했기 때문이다.

신조는 숨을 헐떡이며 상체를 일으켜 세웠다. 권신의 일격이 어찌나 강력한지 아직도 몸이 제대로 말을 듣지 않았다.

[도망칠 수 없다, 혈랑마존의 전인!]

권신이 다시 전음을 쏘아 보냈다. 이번 일수로 끝내겠다는 듯 지면을 박찼다.

신조는 이를 악물었다. 급히 발을 놀리려 했지만, 너무 느렸다. 권신의 주먹을 피하는 것은 무리였다.

"신조를 놔줘!"

사정혜였다. 그녀가 신조와 권신 사이에 그려진 직선 경로에 몸을 날렸다.

권신은 그녀가 누구인지 바로 알아보았다. 도신 사주헌의 무남독녀, 천하제일살문 흑사문의 후계자!

권신이 노성을 터트렸다.

"역도의 편을 들겠다는 것이냐!"

권신의 중후한 내공이 실리니 일갈은 이미 음공이나 다름없었다. 주춤하는 사정혜에게 똑바로 돌진한 권신은 손을 놀렸다. 사정혜의 육신을 직접 타격하지 않고 손으로 일으킨 선풍과 내공을 이용한 허공섭물의 수로 그녀를 뒤집어 버렸다.

"까악!"

생각지도 못했던 공격인지라 사정혜는 저도 모르게 소녀다운 비명을 지르고 말았다.

장애물을 치워 버린 권신은 다시 신조를 노려보았다. 하지만 채 발을 떼기도 전에 사정혜가 다시 권신에게 달려들었다. 이번에는 나름 강력한 일수까지 펼쳤다.

[도망가! 이 바보야! 청조 과부 만들 셈이야?!]

사정혜가 권신을 공격하며 보낸 전음이었다.

신조는 이를 악물고 자리에서 일어섰다.

사정혜의 공격은 너무나 허무하게 막혔다. 사정혜가 두 번이나 앞길을 가로막자 분노한 권신은 사정혜의 복부에 일권을 꽂아 넣었다. 손속에 사정을 두었지만, 사정혜가 견뎌 낼 만한 공격이 아니었다.

사정혜가 왈칵 피를 토했다. 월아단이 그런 사정혜를 비호하기 위해 몸을 날렸고, 권신은 모두 귀찮다는 듯이 사정혜를 밀치며 발걸음을 내딛었다.

하지만 사정혜는 쓰러지지 않았다. 권신의 팔에 달라붙어 팔목에 차고 있던 장치로 암기를 쏘았다.

애묘가 만든 독이 발라진 침이었다. 권신은 사정혜가 악착같이 매달릴 뿐만 아니라 독침까지 쏘아 대니 더이상은 참지 못했다. 단숨에 내공을 일으켜 독기를 몰아냄과 동시에 수도를 세웠다.

어차피 언젠가는 도신과도 결판을 내야 했으니 사정혜의 사지 하나 자르는 것은 일도 아니었다. 더욱이 몇 배분이나 위인 대선배에게 독침까지 쏘아 대는 악랄한 년이 아니던가.

월아단이 그런 권신을 막기 위해 몸을 날렸지만, 역부족이었다. 권신이 발산한 기운에 밀려 누구 하나 접근하지 못했다.

사정혜는 눈을 꽉 감았다.

그리고 신조가 권신의 수도를 가로막았다.

간발의 차였다. 권신은 자신의 수도를 막아선 신조의 수도를 보았다. 권신은 신조가 자신이 가했던 충격을 거의 다 회복했다는 사실을 인지했다.

"과연 사이하구나."

내장이 진탕이 되었어야 정상이거늘. 아니, 피를 토한 것을 보면 내상을 입은 것이 분명하거늘!

신조는 권신에게 대꾸하지 않았다. 사정혜를 구하기 위해 일단 몸을 날리긴 했지만 상황이 좋지 못했다. 탈출해야 했다. 사정혜와 함께 이 전장을 떠나는 것이 최선이었다.

신조는 비어 있는 나머지 한 손에 힘을 집중하였다. 여력을 남기지 않고 전력을 다해 가루라를 펼쳤다.

권신도 당하고만 있지 않았다. 회피하기에는 너무 빠른 공격임을 직감한 그는 호신강기를 오른팔에 집중시켰다. 신조의 찌르는 궤적에 맞추어 휘둘렀다. 공격을 튕겨 낼 작정이었다.

그리고 그것이 신조의 노림수였다. 신조는 수도를 장으로 바꾸었다. 홍련을 허공에 터트렸다.

붉고 붉은 화기의 연화가 권신의 바로 옆에서 꽃피었다. 순간이나마 권신의 시야를 차단했고, 그를 움츠러들게 만들었다.

신조가 지면을 박찼다. 사정혜의 허리를 낚아챔과 동시에 천하제일인 경공을 펼쳤다.

월아단이 뒤늦게나마 그런 신조의 도주로에 끼어들었다. 권신이 홍련의 여파에서 벗어나 월아단을 제치고 신조를 쫓으려 했을 때는 이미 신조가 수십 장 이상을 도주한 뒤였다.

홍련의 여파를 회복한 권신은 남은 월아단에 화풀이를 하는 대신 천마회 마인들을 공격하였다. 곧이어 천인회의 무사들 또한 합류하니, 천마회 마인들의 기세가 눈에 띄게 줄어들었다.

비는 여전히 내렸다. 하지만 빗줄기는 점점 더 가늘어져만 갔다.

신조는 오래가지 못했다. 마지막 순간에 가루라를 급히 홍련으로 바꾼 탓에 내력의 소모가 평소보다 더 컸다. 겨우 권신의 시선이 닿지 않는 곳까지는 도주할 수 있었지만, 이제 한계였다.

"하아…… 하아……."

신조는 숨조차 거칠게 쉬지 못했다. 겨우겨우 가느다
란 숨을 토하며 바닥에 무너지니, 신조의 오른팔에 안
겨 있던 사정혜 역시 덩달아 쓰러지고 말았다. 하지만
그녀는 흙탕물에 옷이 젖는 것은 아랑곳하지 않았다.
급히 몸을 일으켜 신조를 붙들었다.

"괜찮아? 죽지 마! 죽지 말라고!"

사정혜는 급히 신조의 몸 이곳저곳을 더듬어 보았다.
다행히 내상을 크게 입은 것 같지는 않았다. 함께 수련
을 했을 때 몇 번 보았던 것처럼, 불사신조 이식의 여
파로 온몸에 힘이 다 빠진 것뿐이었다.

"망할 바보 같으니!"

거기서 그냥 도망쳤어야지 돌아오긴 왜 돌아온단 말
인가.

한차례 눈을 질끈 감은 사정혜는 신조를 등에 업었
다. 사정혜보다 머리 하나는 더 큰 신조였던지라 덩치
차이가 이만저만이 아니었지만, 그래도 이런 곳에서 지
체하고 있을 틈이 없었다.

신조는 사정혜의 등 위에서 눈을 감았다. 불사신조
이식 덕분에 어찌어찌 권신의 공격으로 입은 내상을 회

복하긴 했지만 그 여파마저 지우지는 못했다. 너무 힘
들고 지쳐 생각을 이어 나갈 여력이 없었다.

하지만 그럼에도 불구하고 신조는 생각하기를 멈출
수 없었다.

권신이나 천검문에서의 싸움에 관한 것이 아니었다.

'혈랑…… 마존…….'

권신이 자신을 부른 호칭.

혈랑마존의 전인.

터무니없는 이야기일까?

황당하기 짝이 없는 헛소리일까?

신조는 그렇게 생각할 수 없었다. 가능성을 부정하지
못했다.

'스승…… 님…….'

신조는 의식을 잃었다.

◉

"계산이 모두 어긋났어."

아랑은 달리던 말을 멈춰 세웠다. 천검문 본산이 멀
지 않았건만 돌연 말 머리를 돌렸다.

"애당초 엉성한 계획이긴 했지만 이토록 엉망이 될 줄이야."

아랑이 너무나 갑자기 말을 멈췄기 때문에 몇 걸음이나 더 나아간 뒤에야 겨우 말을 돌린 애묘가 급히 물었다.

"혼자 떠들지 말고 알아듣게 말해 봐."

아랑은 고개를 끄덕였다. 빗줄기가 가늘어진 허공을 보며 말을 이었다.

"권신이 나타났어. 더욱이 결정적인 역할까지 해내고 말았지. 신조는 사정혜와 도주 중인 것 같아."

"권신을 피해서?"

아랑은 고개를 끄덕였다.

애묘가 욕지거리를 토했다.

"그럼 삼각귀는?"

"거기까지는 아직 모르겠어. 하지만 권신이 끼어든 이상 오래갈 수 없겠지."

삼각귀는 신조의 전장과는 반대되는 곳에서 검제와 검을 겨루고 있었다. 아쉽게도 그곳에는 '매개'가 될 눈이 존재하지 않았다.

"뭔가가 더 있을 것 같아. 무언가 더……."

아랑 자신의 계산을 어그러트린 무언가. 아랑 자신이

알지 못해 계산식에 넣지 못한 변수.

애묘는 고개를 내저었다. 타고 있던 말을 몰아 아랑에게 가까이 붙은 뒤 어깨를 두드렸다.

"어쨌든 서두르자. 어느 방향이야?"

"이미도 지쪽."

아랑이 손을 들어 북쪽을 가리켰다. 신조와 사정혜가 천검문으로 급히 향하기 위해 가로질러 간 길이 있는 방향이었다. 아마도 말을 조금 달린 뒤에는 직접 경공을 펼쳐야 할 모양이었다.

애묘가 먼저 말의 배를 찼고, 아랑이 이내 뒤따랐다. 애묘가 등 뒤의 아랑에게 말했다.

"옛날부터 생각해 왔지만, 너도 완전 주술이네."

아랑이 물려받은 기예.

예전에는 단순히 정보망을 운영하는 기술이라 생각했는데, 아니었다. 멀리 있는 곳의 정보를 읽어 내는 주술에 가까웠다.

정식으로 주술을 이어받은 것은 맹저였지만, 나머지 십삼조의 기예들에도 주술이 섞여 있었다. 애묘 자신의 절기는 의술이라기보다는 선술에 가까웠고, 요호의 것은 아예 선술의 일종인 방중술이었으니 말이다.

"우리 모두 그렇지."

첫째인 창룡부터 막내인 신조에 이르기까지 모두 다.

아랑과 애묘는 더 이상 이야기로 시간을 낭비하지 않았다. 정한 방향을 향해 말을 달렸다.

◐

청룡은 은신술을 풀고 자리에서 일어섰다. 권신과 천인화가 전장에 합류한 이상 이제 천마회는 끝이었다.

검신은 죽었고, 권신은 영웅이 되었다.

이제 마지막 한 수만 더 놓는다면 대업을 본 궤도에 올려놓는 것이 가능할 터였다.

청룡은 뒤를 돌아보았다. 신조와 사정혜가 도망친 방향이었다.

십삼조가 개입할 것이란 사실은 예상했지만, 일이 이렇게 돌아갈 것이라고는 청룡도 완전히 예상하지 못했다.

신조가 너무 쉽게 당했다. 물론 신조가 권신보다 강할 거라 생각한 것은 아니었지만, 그렇다 해도 일격을 그렇게 허용할 줄은 몰랐다.

'어찌 되었든 지금이 기회.'

놈을 제거하고자 한다면 바로 지금이 절호였다.

천검문과 천마회의 싸움에서 증명되었듯이 맹저의 주술 대부분은 십삼조에게 통하지 않았다. 청룡 자신이 자체적으로 개발한 주술이 아예 없는 것은 아니었지만, 대체로 아수라같이 많은 심력을 소모하는 것들인지라 큰 주술을 연달아 사용한 지금으로서는 사용하기가 힘들었다.

그런데 신조는 현재 전투 불능 상태였다. 살성 사정혜만 제압할 수 있다면 지금의 신조를 죽이는 것은 어린애 손목 비트는 것보다 쉬우리라.

청룡은 품에서 부적 세 장을 꺼내 불살라 대기하고 있는 청사대에게 자신의 뜻을 전하였다.

전선에 직접 나서는 것은 술사의 일이 아니다.

맹저에게는 분명 그렇게 배웠지만, 이번에도 뒷짐 지고 물러서 있을 수는 없었다.

청룡이 몸을 날렸다.

☯

사정혜는 인상을 찡그렸다. 그리 멀리 나아가지도 못했는데 벌써부터 다리가 무거웠다. 한 발, 한 발 내딛을 때마다 몸이 삐거덕거리는 기분이었다.

"으으, 가가도 업어 본 적이 없는데……."

짐짓 소리 내어 투덜거려 보았지만 그런다고 힘이 나진 않았다. 권신에게 당한 일격이 문제였다.

사정혜는 억지로라도 다시 한 걸음을 내딛으며 생각했다.

어찌 되었든 천검문 사태는 이제 끝이 난 것이나 다름없었다.

'애당초 무리수가 많았어.'

천인회가 활약할 기회를 없애기에는 신조 일행이 가진 힘이 부족했다. 더욱이 천인회와 천마회는 결국 한통속이니, 공격 시점을 조율하기도 좋았다. 작금 상황은 어쩌면 당연한 것일지도 몰랐다.

'신조를 너무 믿은 건가?'

확실히 신조는 강했다. 살짝 기분 나쁜 사실이긴 하지만, 검제와 싸운다 해도 우열을 가리기 힘들 거라 생각했다.

그런데 그런 신조가 권신 앞에서는 너무나 무력하였

다. 이것이 삼신과 사황오제 사이의 격차인 것일까, 아니면 사정혜 자신이 놓친 무엇인가가 있는 것일까?

아무튼 좋지 않았다.

'월아단은 알아서 몸을 빼겠고…….'

속으로 생각을 정리한 사정혜는 자꾸만 등에서 흘러내리려는 신조를 다시 한 번 제대로 업었다. 하지만 발걸음을 내딛지는 못했다.

"이거, 진짜 손 많이 가는 남자네."

육성을 토한 것은 투덜거리기 위해서가 아니었다. 사정혜는 재빨리 눈동자를 굴려 주변을 보았다. 숲 안이었지만 나무가 그렇게 빽빽하게 자라 있는 것은 아니었다. 운신할 공간은 충분했다.

사정혜는 바닥에 신조를 내려놓았다. 대태도를 뽑아들며 뒤돌아섰다.

포위망이 형성되었다. 숫자는 어림잡아 열댓 명이었다.

"사정혜, 황실의 일이다. 물러서라."

저 너머에서 목소리가 들렸다. 모습은 보이지 않았지만 젊은 남자의 목소리였다.

"황실이 아니라 광룡의 일이겠지."

사정혜는 이죽거리며 도를 고쳐 쥐었다. 아직 회복되

지 못한 몸인지라 손끝이 떨렸다.

남자의 목소리가 이어졌다.

"이곳에는 검제가 없다. 나는 네 아버지의 위명에도 위축되지도 않는다."

사정혜는 혀끝으로 아랫입술을 핥았다. 싸늘하게 웃었다.

"누군지는 모르겠지만, 날 너무 얕잡아 보는 거 아냐?"

"얕잡아 보지 않는다. 전력을 다해 널 제압하겠다."

사정혜는 위축되는 자신을 느꼈다. 그렇기에 더욱 자신만만한 미소를 그리기 위해 노력했다. 신조를 버리고 혼자서 도망친다는 선택지를 머릿속에서 지워 버렸다.

월아단이 곧 자신을 찾아오리라. 아니면 뒤늦게 출발한 아랑과 애묘라도 자신을 찾아올 것이 분명했다.

'가가가 오면 가장 좋고.'

마지막은 스스로가 생각해도 가능성이 거의 없는 희망이었지만, 가장 좋은 경우였기에 일부러 마음에 담아 두었다.

사정혜는 숨을 골랐다. 싸울 자세를 갖추었다.

"와 보시지."

청룡과 청사대는 더 이상 시간을 지체하지 않았다.
준비한 주술들을 발동시켰다.

◐

신조를 비롯한 십삼조는 모두 똑같은 의문을 오랫동
안 가슴에 품어 왔다.

스승님의 정체는 무엇일까?

아무리 세상이 넓다고 해도 스승님 같은 존재가 초야
에 숨어 드러나지 않는 것이 가능할까?

역사에 그 발자취를 남기지 않은 것이 진정 가능한
일이란 말인가.

낭중지추란 말도 있지 않은가.

고금제일마 혈랑마존.

생각해 보지 않은 것이 아니었다. 십삼조 가운데 그
런 가능성을 고려해 보지 않은 자는 없었다.

하지만 스승님은 분명히 말씀하셨다. 자신을 '이 세
상'에서 패퇴시킨 자는 오직 하나, 폭뢰의 용뿐이라고
말이다.

혈랑마존은 사황오제삼신에게 패했다. 그들 거의 전

부와 동귀어진했다.

폭뢰의 용.

그렇다면 그자는 또 누구일까?

스승님을 제압할 만한 강자 또한 스승님과 마찬가지로 세상에 드러나지 않았다는 사실이 믿기지 않았다. 누가 일부러 숨기기라도 한 건 아닐까, 그런 생각을 한 적도 있을 정도였다.

스승님은 혈랑마존이 아니었다. 혈랑마존은 사황오제삼신에게 패했으니까. 사황오제삼신 가운데 폭뢰의 용이라 부를 만한 이는 존재하지 않았으니까.

권신이 괜한 말을 한 것이 분명했다. 마음을 심란하게 하기 위해 거짓 수를 부린 것이 분명했다.

하지만, 하지만 그러함에도 불구하고 신조는 권신의 말을 들었을 때 잠시나마 정신이 멎을 정도로 큰 충격을 받았다.

어째서 그러했을까?

어째서?

사실은 알고 있었으니까.

아주 오랜 옛날부터.

이미 알고 있었으니까.

청룡은 십이지신장과 아수라라는 큰 주술을 연달아 사용한 터라 당장은 여력이 없었다. 그랬기에 청사대 소속 술사들이 저마다의 식신을 소환해 사정혜를 공격했다.

사정혜는 고전을 면치 못했다. 권신에게 입은 내상도 내상이었지만, 신조를 지키며 싸워야 한다는 사실이 그녀의 전력을 크게 감소시켰기 때문이다.

남자와 여자 사이에는 인력으로는 쉬이 극복할 수 없는 신체적 격차라는 것이 존재했다. 천력이라도 타고나지 않는다면 여자는 남자를 근력으로 제압하지 못하는 것이, 아니, 대등하게 맞서는 것도 어려운 것이 보통이었다.

그리고 이것은 사정혜도 마찬가지였다. 때문에 사정혜는 빠른 발과 속도, 현란하면서도 정교한 기술을 자신의 무기로 삼았다.

그런데 그중 빠른 발이 묶였으니 전력이 확 떨어질 수밖에 없었다. 평소라면 회피했을 공격을 맞받아치는 수밖에 없었으니 말이다.

사정혜를 공격하는 식신의 수는 모두 아홉이었고, 무언가 정체를 알 수 없는 주술 셋이 사정혜를 압박해 왔다.

주술의 효과 때문인지 사정혜는 심한 어지러움을 느꼈다. 당장에라도 토악질을 하고 싶었다.

하지만 그럴 수 없었다. 잠시라도 손을 멈추면 식신들의 손에 목숨을 잃을 것이 분명했다.

식신들은 모두 기괴하게 생겼다. 사람 비슷하게 생긴 것들도 몇 있었지만, 대부분은 보는 순간 괴물임을 확실히 알 수 있는 모양새였다. 놈들은 몸에 돋아난 큰 뿔이나 날카로운 돌기 같은 것들로 사정혜를 공격했다.

사정혜는 도기를 뿌렸다. 내력 소모가 심한지라 평소에는 즐겨 쓰는 도기가 아니었지만, 일단 식신들의 접근 자체를 차단해야 했기에 다른 방도가 없었다.

"하아…… 하……."

싸움을 시작한 지 일각도 채 되지 않았지만 사정혜는 눈에 띄게 지쳤다. 온몸에서 땀을 비 오듯이 흘렸고, 숨결이 거칠어졌다.

이제 슬슬 한계였다. 얕잡아 보이지 않기 위한 억지

웃음을 지을 힘도 없었다.

"키에!"

식신들이 사정혜를 향해 일시에 돌진했다. 전후좌우 사방을 에워싼 공격이었다. 사정혜는 이를 악물었다. 제자리에서 완전히 일 회전을 하며 대태도를 휘둘러 도기를 뿌렸다.

가늘고 긴 칠흑의 도기가 날카롭게 뻗어 나갔다. 사정혜에게 돌진하던 식신들을 거짓말처럼 두 동강 내 버렸다. 하지만 사정혜는 미소 지을 수 없었다. 마지막 힘을 다한 여파로 한쪽 무릎이 꺾였다. 머리 위에서 덮쳐 오는 식신을 쳐 내지도, 그 공격을 회피하지도 못했다.

둔탁한 소리와 함께 식신의 길고 두터운 꼬리가 사정혜의 상반신을 후려쳤다. 사정혜는 속절없이 무너졌고, 식신의 공격은 그치지 않았다. 타격에 특화된 녀석인지 커다란 양 주먹을 쓰러진 사정혜의 상반신에 사정없이 꽂아 넣었다.

"악!"

사정혜의 입에서 피가 튀었다. 내장을 당한 것이 분명했다. 사정혜 주변의 땅이 파헤쳐질 정도의 힘이었으니 당연한 결과였다.

다른 식신도 합류했다. 사정혜의 명치를 노리고 날카로운 돌기를 찔러 왔다.

"아아아악!"

발악하듯 몸을 비틀어 명치를 꿰뚫리는 것은 면했지만, 대신 오른쪽 어깨를 내줄 수밖에 없었다. 생살이 찢기고 뼈가 부서지는 고통에 사정혜가 비명을 질렀다.

더 이상은 정신을 유지하기도 힘들었다.

하지만 식신들의 공격은 끝나지 않았다. 사정혜를 확실히 죽인 뒤 신조를 죽이겠다는 듯 돌기를 찔러 넣었던 식신이 돌기를 회수했다. 경련하며 괴로워하는 사정혜의 명치를 다시금 노렸다.

사정혜는 죽음을 생각했다. 하지만 어렵게나마 눈을 떠서 식신의 돌기를 바라보았다. 움직이지 않는 몸을 어떻게든 움직이고자 노력했다.

돌기가 사정혜를 노리고 휘둘러졌다. 그리고 단도가 그런 식신의 머리에 꽂혔다.

식신은 움찔했다. 하지만 그 일격으로 죽지는 않았다. 청사대의 술사들은 빠르게 판단했다. 단도에 찔린 식신은 재차 사정혜를 노렸고, 나머지 식신들은 단도가 날아온 방향으로 급히 몸을 돌렸다.

독무가 밀려왔다.

척 보기에도 위험해 보이는 보랏빛 독무였다.

단도 여덟 개가 동시에 독무에서 뻗어 나왔다.

애묘가 펼친 독무는 독공이라기보다는 적의 시야를
가리는 연막의 역할을 수행했다.

아랑이 던진 단도는 하나도 빠짐없이 모두 식신들에
게 꽂혔고, 단도에 발라져 있던 애묘의 독이 효과를 발
휘하였다.

닿는 것만으로도 살이 녹아내릴 것 같은 극독에 핵심
부를 파괴당한 식신들이 더 이상 몸을 유지하지 못하고
붕괴했다.

독무를 뚫고 나온 애묘와 아랑이 급히 사정혜와 신조
의 곁에 가 서서 주변을 경계했다. 마음 같아서는 이
자리에도 독무를 펼치고 싶었지만, 사정혜는 십삼조와
달리 애묘의 독에 대한 저항력이 없었다.

"너무…… 늦…… 잖……."

간신히 신음 토하듯 몇 마디를 입에 담은 사정혜는
그대로 의식을 잃었다. 애묘는 그런 사정혜를 조심스럽
게 품에 안았다.

"미안, 정말 미안해."

재빨리 손을 놀려 어깨의 출혈을 막고 몸 상태를 점검했다. 관통상이 심해 한동안은 오른팔을 제대로 쓰지 못할 터였지만, 다행히 목숨을 잃을 정도의 중상 같지는 않았다.

아랑은 숲을 쏘아보았다. 그런 후, 그는 '인지했다'. 이 숲 어디에 청룡과 청사대가 숨어 있는지, 그들의 수가 모두 몇 명인지도 말이다.

"맹저의 주술은 우리 십삼조에게 통하지 않아."

아랑이 으르렁거리듯 말했다. 양손에는 어느새 다시 여섯 개나 되는 단도가 쥐어져 있었다.

변한 것은 없었다. 수풀이 밀려나는 소리도 없었다. 하지만 아랑은 이내 긴숨과 함께 어깨를 늘어트렸다.

"물러갔어."

"근성도 없는 놈일세."

"그래서 다행이지."

시간을 더 끌었다가 권신이라도 달려오면 그야말로 낭패였다. 아랑은 신조를 등에 업었다. 애묘 역시 사정혜를 업고 자리에서 일어섰다.

"서두르자."

애묘는 고개를 끄덕였고, 두 사람은 서둘러 숲을 빠져나갔다.

◐

검제와 삼각귀의 싸움은 끝났다.

이긴 것은 검제였고, 진 것은 삼각귀였다.

하지만 삼각귀도 쉬이 지지 않았다. 아니, 사실상 두 사람의 승패를 가른 것은 인력이 아닌 천운이라 할 수 있었다.

동귀어진.

그 말이 어울렸다. 둘 모두 의도한 것은 아니었지만 결과가 그렇게 나오고 말았다.

최후의 격돌에서 삼각귀는 절명했고, 검제는 치명상을 입었다. 천인회의 가담 덕에 여유가 생긴 천검문 고수들이 급히 응급조치를 취한 덕에 목숨을 건지긴 했지만, 도황이 그러했던 것처럼 검제 또한 오랜 정양이 필요할 터였다.

천마회는 몰락했다. 천검문을 공격했던 마인들 가운

데 살아서 천검문을 빠져나간 자는 단 한 명도 존재하지 않았다.

천검문 역시 큰 피해를 입었다. 싸움에 참여한 육백 명의 문도들 가운데 반수 이상이 죽거나 크게 다쳤다. 다시는 검을 들지 못할 정도의 중상도 일백이 넘었다.

문파의 힘을 가늠하는 척도라 해도 과언이 아닌 검기 상인의 경지에 오른 고수도 싸움에 참여한 일백 가운데 반수 가량이 죽거나 다쳤으니 천검문의 힘이 단숨에 반 이하로 내려간 것이나 다름없었다.

하지만 가장 큰 충격은 따로 있었다.

검신이 죽었다.

살해당했다.

전투가 끝났음을 검신에게 알리기 위해 수련동으로 달려갔던 천검문 고수들이 본 것은 형상도 제대로 알아볼 수 없을 정도로 처참히 파괴된 검신의 시신이었다.

천검문은 이 사실을 쉬이 공표할 수 없었다. 천하제 일검의 죽음이 불러올 여파를 생각하면 신중해지는 것이 당연했다.

천검문 역사상 유래가 없는 위기 상황 속에서 검신의 첫째 제자이자 차기 장문인으로 내정된 정은 숙고했다.

누가 검신을 살해한 것인가.

검신이 주화입마에 빠져 있다는 사실은 어떻게 안 것일까?

검신이 주화입마에 빠졌다는 사실을 몰랐다면 감히 검신의 암살을 노릴 수 있었을까?

광룡.

어찌 되었든 이번 암살에 광룡이 관계되어 있음은 분명했다.

이번 싸움 한 번으로 천검문은 검신과, 단기적으로나마 검제를 잃었다. 죽은 고수들의 숫자를 생각하면 앞으로 무림에 무슨 일이 있든 힘을 쓰기 곤란해진 상황이라 할 수 있었다.

광룡과 천인회는 앞으로 어찌할 것인가.

정에게는 시간이 그리 많지 않았다. 스승인 검신의 죽음을 오래 숨길 수도 없었다.

모든 사정을 알고 있는 권신은 여유를 보였다. 천검문을 압박하는 대신 천인회 전력들을 빠르게 물렸다. 이번 싸움으로 상한 이들을 보살피는 한편, 천마회 잔존 세력 수탐에 박차를 가했다.

권신과 천인회는 영웅이 되었다. 천마회와의 싸움에

는 단 한 번밖에 참여하지 않았지만, 그건 중요한 사실이 못되었다.

천인회에 적을 두고 있는 정파구주와 사파칠주가 천인회를 영웅으로 만들었다. 서로 간의 공치사에 열을 올렸다.

정파구주와 사파칠주는 천인회가 천마회 없이는 존속할 수 없는 조직임을 알고 있었다. 그리고 권신 또한 그 사실을 잘 알았다.

천마회의 잔존 세력이 남아 있지 않다는 것이 밝혀지면 천인회는 해산되리라. 권신이 억지로 조직을 유지한다 해도 지금과는 완전히 다른 작은 조직으로 전락하고 말리라.

하지만 권신은 조금도 걱정하지 않았다.

광룡의 다음 수는 이미 준비되어 있었다.

권신이 바라본 방향은 북쪽이었다.

제31막
발발

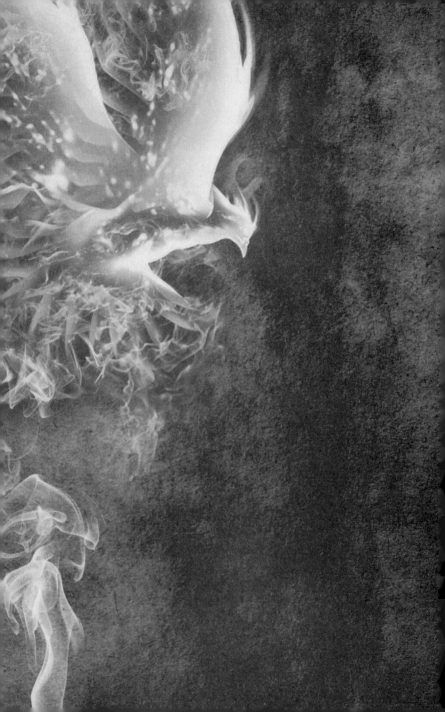

대의. 그래, 난 그런 것을 생각해 본 적이 없어. 좋아
하지 않거든, 그 대의라는 것을.

— 신조

●

아랑과 애묘가 자리를 잡은 곳은 화전민들이 버린 것
이라 여겨지는 낡은 폐가였다. 좀 더 눈에 띄지 않고
제대로 된 곳에 몸을 숨기고 싶었지만 사정혜의 상태가
중한지라 멀리까지 갈 여유가 없었다.

"신조보다는 사정혜가 더 심각해."

단칸짜리 방에 사정혜와 신조를 나란히 눕힌 애묘와 아랑은 어깨를 나란히 하고 방구석에 앉았다. 아랑은 붕대로 상처를 동여매고 애묘의 여벌옷을 이불 삼아 덮고 누운 사정혜를 보았다.

입술이 파리하고 안색이 창백했다. 더욱이 어깨에 난 관통상은 상처가 너무 커 흉이 남는 것은 물론이거니와, 이후에 회복된다 해도 제대로 쓸 수 있을지 의문이었다.

겉만 보면 멀쩡해 보이는 신조와 나란히 누워 있어서 그런지 상태가 더 심각해 보였다.

"도신이 우릴 죽이려 들겠군."

아랑이 푸념처럼 흘린 말에 애묘가 따라 웃었다.

"그래도 참 기특하지 않아? 그 상황이 돼서도 도망치는 대신 신조를 지키는 쪽을 택했으니 말이야. 도철 놈만 아니었으면 진짜 제자 삼고 싶다."

사정혜는 신조를 구하기 위해 목숨을 걸었다. 신조를 버리고 혼자 도망치면 광룡은 자신을 쫓지 않을 것이란 사실을 잘 알면서도 말이다.

애묘의 시선과 목소리에 애정이 듬뿍 묻어나니 아랑

은 어깨를 으쓱였다.

"그 도철이란 놈이 들으면 서러워서 울 거다."

"나이도 먹을 대로 먹은 사내놈이 서러워서 울기는
뭘 울어?"

하지만 어디까지나 별 뜻 없이 하는 이야기일 뿐이었
다. 애당초 흑사문의 후계자인 사정혜가 애묘의 제자가
된다는 것은 있을 수 없는 일이었다.

애묘가 한숨을 토했다.

"흑사문주가 적극적으로 나서 주면 참 좋을 텐데 말
이야. 그 영감도 엉덩이 슬슬 빼는 거 보면 혹시 주화
입마 같은 거 빠져 있는 거 아냐?"

"설마."

"설마가 사람 잡는다지만, 이건 정말 설마로 그치고
말겠지."

적당히 재잘거린 애묘는 더는 못 참겠다는 듯이 바닥
에 드러누웠다. 한 시진 가까이 환자 둘을 돌보았으니
지칠 만도 했다.

문밖에선 빗소리가 다시 거세졌다. 환자가 둘이니 화
로라도 하나 둬야 할 것 같았지만, 마땅한 물건이 없었
다. 애묘는 별수 없다는 듯 사정혜 쪽으로 기어가더니

옷을 벗고 조심스럽게 사정혜를 끌어안았다.

아랑은 천장을 쳐다보았다. 어느 순간 흘리듯이 말했다.

"검신이 죽었다."

깜짝 놀란 애묘는 반사적으로 벌떡 일어서려는 자신을 간신히 억누를 수 있었다. 소리 죽여 물었다.

"누구 소행인데?"

아랑은 애묘가 아닌 허공만을 보았다. 손가락을 바쁘게 까딱이더니 미간을 좁혔다.

"광룡의 짓이라는 건 분명하지만…… 암살범이 누구일지는 모르겠군. 검신의 주화입마 여부를 광룡이 알고 있느냐 여부가 중요하니까."

"모르고 있었다면?"

"글쎄…… 사실 모르고 있었다면 검신에 대한 암살 시도 자체가 우스워지거든."

검신은 천검문에서 가장 강한 자였고, 전 무림에서 세 손가락 안에 드는 고수였다. 본래 암살이라는 것이 단순히 무위만을 놓고 비교할 수 없는 것이긴 했지만, 검신 정도의 무위라면 그것도 이야기가 달라졌다.

더욱이 검신을 소리 없이 죽이는 것은 가히 불가능이

라 해도 과언이 아니었다.

애묘가 알고 있는 독 가운데 검신 정도의 고수를 즉사시킬 수 있는 독은 모두 그 색과 냄새에서부터 독이라는 것이 뻔한 것들이었다. 무색무취의 독들 가운데는 검신을 즉사시킬 만한 것이 없었다.

애묘는 진절머리가 난다는 듯이 고개를 내저었다.

"수 싸움은 이제 지긋지긋해. 뇌호 오라버니가 있을 때는 참 편했는데 말이야."

"그래. 그래서 놈들도 뇌호 형을 제일 먼저 노린 것이겠지."

스승님에게 전략과 전술을 물려받은 것은 뇌호였다. 뇌호가 있었다면 일이 이 지경까지 흘러가지도 않았을 터다. 아랑이 수집한 정보들을 토대로 가장 정확한 판단을 내려 최선의 결과를 이끌어 냈으리라.

십삼조는 모두가 함께했기에 전설일 수 있었다. 아랑은 그 사실을 다시 한 번 뼈저리게 느꼈다.

애묘는 아랑의 표정에서 자괴감을 읽었다. 그랬기에 더 이상 괴롭히고 싶었지만 묻지 않을 수 없었다.

"이제 어떻게 할 거야?"

아랑은 고개를 내저었다.

"나도 잘 모르겠다. 역시 난 전략가는 아닌 모양이야. 처음부터 끝까지 광룡 손에서 놀아나는 기분이군."

"그렇게 자학하기에는 우리가 거둔 성과도 꽤 되잖아?"

애묘가 짐짓 애교 섞인 미소를 그리며 살갑게 말했다.

확실히 십삼조가 속수무책으로 당하기만 한 것은 아니었다. 광룡 대주 가운데 둘을 죽였고, 이래저래 천마회의 일을 다소 방해하기는 했으니 말이다.

하지만 하나하나 따져 보면 십삼조가 해냈다기보다는 신조가 해냈다고 봐야 할 일에 가까웠다. 비록 대주들과의 싸움에서는 각기 아랑과 애묘가 도움을 주기는 했지만 말이다.

아랑은 스스로의 마음을 다잡았다. 아무리 세월이 흘렀어도 애묘는 여전히 아랑 자신의 여동생이었다. 마음 편히 해 주겠다고 평소에는 잘 하지도 않는 헤픈 웃음까지 보이고 있는데 계속 낙담만 할 수는 없었다.

아랑이 물었다.

"신조는 언제쯤 깨어날 것 같아?"

"체력이 다한 것뿐이니까 오래 걸리지 않을 거야."

어찌 되었든 현재 십삼조의 핵심 전력은 신조였다. 권신과의 싸움에 대해서도 물을 것이 많았다.

아랑이 바닥을 손가락 끝으로 천천히 두들기며 말했다.

"암왕은 십비를 너무 오랫동안 썩혀 놨어. 이런 식으로는 되지 않아. 정말 제대로 부릴 수 있어야 해."

십비 가운데 제대로 부릴 수 있는 자가 너무 적었다. 이비와 삼비의 힘을 제대로 쓸 수 있었다면 지금과는 다른 그림을 그릴 수 있었으리라.

애묘가 새삼 생각났다는 듯이 물었다.

"그런데 귀영신투는 어디로 보낸 거야?"

"북부 원정군."

애묘는 눈을 깜박였다. 아마도 황도 근처에 잠입시킨 것이 아닐까 했기 때문이다.

아랑이 말을 이었다.

"유성 녀석도 지금 그곳에 가 있어."

북부 원정군의 참가 인원은 군사만으로도 이미 수만 명에 달했다. 뒤에 따라붙는 보급 인원까지 생각한다면 사람 한둘 잠입시키는 것은 그리 어려운 일도 아니었다.

아랑이 귀영신투와 유성을 북부 원정군에 보낸 이유
는 간단했다.

"다음 변화가 일어날 곳에 눈이 필요하니까."

광룡이 천마회로 벌일 수 있는 공작은 이제 사실상
끝이 났다고 해도 과언이 아니었다. 그렇다면 다음 일
은 어디에서 일어날 것인가.

가장 가능성이 높은 곳은 역시 북부 원정군의 주둔지
였다.

●

북부 원정군은 순조롭게 북진했다. 하루에 한 번씩
북부 원정군의 소식을 전하기 위한 전서구가 하늘을 날
았고, 대승상 휘하 조정의 인사들은 북부 원정의 성공
을 의심치 않았다.

육안으로 식별할 수 있는 전서.

하지만 그렇지 않은 전서도 있었다. 사령을 통해 은
밀히 전해진 정보는 대승상이 아닌 용왕대주에게 닿았
고, 그것은 다시 천룡에게 전해졌다.

광룡 본부 지하에는 천룡의 옥좌가 있었다. 화려하거

나 웅장하지 않았다. 그저 잠시 지나갈 뿐인 장소였기에 천룡은 옥좌에 마음을 쓰지 않았다.

공간에는 천룡과 용왕대주, 단둘만이 존재했다. 천룡은 청룡이 준비해 둔 사령을 통해 용왕대주의 기억을 보았고, 자신이 폐관수련에 몰두하고 있던 동안 일어난 일들을 알았다. 나직이 평했다.

"셋이나 남았구나."

"면목이 없습니다."

용왕대주는 오체투지하며 머리를 깊이 숙였다. 천룡은 노여워하지 않았다. 용왕대주에게 호통을 치는 대신 엷고 희미한 미소를 머금었다.

"뇌호와 맹저를 쓰러트렸으니, 충분히 잘해 주었다. 특히 뇌호를…… 그 아이를 쓰러트린 것은 정말 잘한 일이야."

둘째 뇌호.

꺾지 않을 수 없던 존재. 십삼조를 꺾어야만 하는 단초를 만든 자.

뇌호가 죽었다. 뇌호가 이제 세상에 존재하지 않는다.

천룡은 가슴속에서 휘몰아치는 여러 감정을 동시에

느꼈다. 그리고 그것들을 모두 억눌렀다. 입 밖으로 나온 목소리는 차가웠다.

"우리 십삼조에게는 모두 약점이 존재한다."

우리라 표했다. 그렇게 말했다. 하지만 미련은 남아 있지 않았다.

"아랑의 정보 수집 능력은 분명 최고지만, 그것뿐이다. 아랑에게는 정보를 활용할 능력이 부족하다."

아랑은 모든 것을 안다. 모든 사실을 객관화할 수 있다. 하지만 유연한 사고가 부족하다. 그저 길을 좇을 뿐, 새로운 길을 만들어 내지 못한다.

때문에 아랑은 좋은 전략가가 되지 못한다. 미래를 내다보는 것은 아랑의 영역 밖의 일이었다.

"애묘는 영악하다. 독을 쓰는 데도 주저함이 없지. 하지만 그저 강한 독공의 고수일 뿐이다. 혼자서는 아무것도 하지 못해."

애묘는 천하제일의 신의였다. 그녀의 독공은 다수의 적을 상대하는 데 용이했다. 하지만 그녀는 결국 보조적인 역할밖에 수행하지 못했다. 홀로 일을 도모하지 못할 인물이었다.

"신조는 비수다. 분명 날카롭지만, 비수를 던져 줄

사람이 필요하다."

신조는 강했다. 천룡도 신조의 '죽이는 능력'은 인정했다. 그 옛날 애묘의 평대로 십삼조에거 가장 강한 것은, 진정으로 스승님의 강함을 물려받은 것은 신조일지도 몰랐다. 하지만 신조는 스스로가 생각하듯이 비수에 불과했다. 던져 줄 이가 없으면 나아가지 못하는, 그저 날카롭기만 한 비수 말이다.

뇌호가 있었다면 모든 것이 달라졌을 터다. 아랑의 정보를 바탕으로 뇌호가 작전을 짜고, 적재적소에 애묘와 신조를 투입해 전설이라 불렸던 십삼조의 진짜 힘을 발휘했을 것이 분명했다.

맹저가 살아 있었다면 지금보다는 나았을 것이다. 맹저의 주술은 애묘와 신조를 보조하기에 좋았다. 그 둘이 평소 기량으로는 할 수 없는 일을 해낼 수 있게 할 역량이 있었다.

하지만 뇌호는 죽었다.

맹저도 죽었다.

"세 명으로는 십삼조의 진짜 힘을 이끌어 낼 수 없다. 그리고…… 내가 우려한 일이 일어날 가능성도 무척이나 낮아지겠지. 언젠가는 제거해야겠지만, 급한 일은 아니다. 어차피 내버려 두면 우리 앞에 나타날 것이다."

아랑은 뇌호를 닮았다. 그 아이는 대의를 생각했다. 세상을 걱정하고 세상을 위하고자 했다.

일이 진행되면 아랑은 천룡이 북부 원정군과 천인회로 무슨 일을 도모하는지 바로 알아차릴 것이 분명했다. 그리고 어떻게든 막기 위해 발악할 터였다.

십삼조는 반드시 다시 한 번 광룡과 천룡 앞에 선다. 그러니 그때 쓰러트리면 되는 일이었다.

용왕대주는 천룡의 뜻에 동의했다. 아니, 애당초 그 뜻을 평가할 생각조차 없었다.

천룡의 뜻이다. 그 뜻은 옳은 뜻이 되어야만 한다. 그렇게 만들어야 한다.

"사황오제삼신은 어찌하실 겁니까?"

용왕대주가 물었다.

천룡은 이번에도 어렵지 않게 답했다.

"검신은 죽었다. 도황과 검제는 싸울 수 없고, 거슬리는 것은 이제 도신 하나 정도겠지."

사황오제삼신은 모두 열둘이니, 천룡 자신이 열거한 이들을 빼도 아직 여덟이 남았다. 하지만 그 가운데는 권신을 비롯해 이미 천룡의 수하가 된 이들이 있었다.

"나머지는 내버려 두어라. 무림의 힘을 지금보다 너무 약하게 만들어서는 안 되니, 차근차근 줄여 나가면 될 것이다."

천룡은 잠시 말을 끊고 숨을 골랐다. 저도 모르게 만감이 뒤섞인 미소를 그렸다.

지금처럼 말하는 것은 창룡 자신이 아닌 뇌호의 일이었다. 늘 그래 왔던 일이었다.

천룡이 다시 입을 열었다.

"북부 원정군이라…… 대승상이 우릴 도와주는군."

처음에는 방해였을지 몰라도 천마회 일이 마무리된 지금으로서는 오히려 큰 도움이었다. 마지막 큰 그림을 그리는 것이 보다 수월해질 터였다.

"시작해라."

"천룡의 명을 받들겠습니다."

용왕대주가 읍하며 자리에서 일어섰다.

천룡은 더 이상 입을 열지 않았다.

❍

암왕은 유폐되어 있었다.

암왕전에 기거하는 것은 똑같았으나 예전보다 훨씬 더 엄격한 통제 속에 놓여 있었다. 외부와의 소통로는 완전히 단절되었고, 심지어는 그녀의 감시역인 암화와도 말 한마디 나눌 수 없는 처지였다.

암왕은 아무것도 할 수 없었다. 그저 늙고 초라한 늙은이일 뿐이었다.

암왕은 창룡이 무슨 일을 벌이려 하는지 알았다. 용왕대주와 창룡이 가르쳐 준 것은 제한적이었지만, 과거 신산이라 불린 암왕이었다. 결과를 도출해 내는 것은 어렵지 않은 일이었다.

파멸적인 결과.

천룡이 뜻한 바가 이루어진다면 시산혈해란 표현으로도 부족할 많은 피가 흐르리라.

막아야 했다. 어떻게든 수를 짜내야만 했다.

암왕은 낙담하는 대신 스스로가 누구인지를 기억해 냈다. 그녀 자신이 황실을 수호하는 그림자 암룡의 수장임을 자각했다.

천룡을, 창룡을 어찌 막을 것인가.

그 발목을 어떻게 붙잡아 신조를 비롯한 남은 십삼조

들의 활로을 열어 줄 것인가.

암왕이 내린 결론은 간단했다.

뇌호와 맹저를 비롯한 다른 형제자매들을 모두 쳐 냈음에도 불구하고 창룡이 끝내 쳐 내지 못한 한 사람.

요호를 찾아야 했다.

◐

마부로 분한 귀영신투는 식량이 가득 든 수레를 끌었다.

준비를 오랫동안 한 보람이 있는지 북부 원정군의 행로에는 작은 사고 한 번 없었다.

길 가다가 때 되면 밥 지어 먹고 다시 길 가다가 정해진 장소에서 야영하고 다시 길을 나선다.

이런 일정이 며칠이나 반복되니 절로 몸과 마음이 함께 노곤해질 지경이었다.

'그냥 이대로 얌전히 북부로 가는 건가?'

아랑은 분명 북부 원정군에서 무슨 이변이 일어날 것이라 말했다. 하지만 아무리 봐도 그럴 조짐이 보이지 않았다.

'이러다 팔자에 없는 전쟁하는 거 아닌가 모르겠네.'

물론 그런 생각 따위는 추호도 없었다. 병사가 아닌 수레꾼으로 변장하고 있기에 몸을 빼기도 쉬웠고, 당금 천하에 신조를 제외하면 전력으로 도주하는 귀영신투 자신을 잡을 만한 경공의 고수도 없었다.

'하기야, 뭔 일 나기 전에 꼭 전조가 있으란 법은 없으니.'

아랑이 귀영신투에게 명한 것은 북부 원정군의 동태를 파악하는 일이었다. 귀영신투는 초일류급 도둑이었고, 도둑에게 있어 사전 정보 수탐은 기본 중의 기본이었다. 귀영신투는 위험을 감수하지 않는 선에서 북부 원정군, 그중에서도 광룡의 행보를 주시했다.

그리고 그것은 유성 또한 마찬가지였다.

'이상할 정도로 반응이 없군.'

유성 또한 식량 보급 부대의 일원으로 북부 원정군에 참가하고 있었다. 잠깐이라면 모를까, 장교나 병사로 위장하는 것은 생각처럼 쉬운 일이 아니었다. 이번같이 준비 기간을 오래 잡은 원정의 경우에는 더더욱 그러했다.

장교들 간에는 서로 연이 닿아 있고, 병사의 경우에

는 여차할 때 몸을 빼기가 힘들었다.

유성은 우마차 위에 앉아 멍한 얼굴로 정면을 보았다. 어리숙함을 가장하며 머릿속으로 여러 가지 수를 점검해 보았다.

아랑의 예상대로라면 천검문과 천마회가 격돌했을 터다. 아직 원정군이 머무는 부근까지는 소문이 퍼지지 않았지만, 정말로 격돌했다면 북부 원정군에 참전 중인 광룡 대주들이 모를 리가 없었다.

그런데 광룡 대주 두 사람, 백룡과 녹룡은 너무도 조용했다. 침묵 속에 북부 원정군을 따라 기동하는 것이 전부였다.

광룡은 대체 무슨 생각을 하고 있는 것일까?

천마회를 소진시키고 천인회를 영웅으로 만들어 무엇을 하려는 것일까?

권신의 천인회를 하나의 세력화하여 무림을 수하에 두려는 것일까?

하지만 그런 세력을 당금 무림에 유지하는 것이 과연 가능하긴 한 것일까?

아랑은 유연한 사고의 소유자였지만 딱히 색다른 발상이 떠오르지 않았다.

'모르겠어, 모르겠다고.'

유성이 사황에게 갔던 이유는 두 가지 때문이었다. 하나는 맹저와 청룡을 제외하면 사혼부를 만들 수 있는 유일한 인물이라 할 수 있을 사황에게서 사혼부를 보급받기 위함이었고, 다른 하나는 사황이 혹시라도 광룡과 손을 잡은 것은 아닐지를 알아보기 위함이었다.

중원제일의 술사인 사황은 광룡의 편이 아니었다. 하지만 그렇다고 십삼조의 편인 것도 아니었다. 정당한 대가를 치르고 사혼부를 손에 넣기는 했지만, 그것이 유성이 할 수 있던 일의 전부였다.

유성은 품 안에 챙겨 넣은 사혼부를 생각하며 가슴팍을 턱턱 두드렸다. 인내심을 갖고 변화를 기다렸다.

그리고 사실, 이미 변화는 일어나고 있었다. 유성과 귀영신투가 보지 못하는 곳에서 말이다.

"천인장 둘이 암살당했습니다."

야영지에서 야영 준비를 갖추던 도중 들려온 급보에 대장군은 앉은 자리에서 벌떡 일어섰다.

대장군의 막사 안에 있는 것은 현재 단 세 사람뿐이었다. 대장군 자신과 늘 곁에서 대장군을 보필하는 호위무사 관, 소식을 전한 장본인인 백룡.

그렇기에 대장군은 주저 없이 물었다.

"당한 것은 누구지? 그리고 누구의 소행인가?"

어째서 이 소식을 들고 온 것이 대장군부의 장교가 아닌 광룡 대주 백룡인 것인가.

백룡은 소리 죽여 말했다.

"천인장 왕기와 주전입니다. 제 막사와 가까운 곳인지라 소식을 먼저 접하게 되었습니다. 쉬이 공개할 일이 아니라 판단했기에 제가 직접 이곳에 찾아온 것입니다."

대장군은 부대 배치 상황을 머릿속에서 되새겨 보았다.

백룡이 빠르게 말을 이었다.

"죽은 두 사람의 시신을 살펴보았습니다. 그리고 그리하여 내린 결론이 하나 있습니다."

대장군은 흥분을 가라앉히고 백룡의 눈을 똑바로 쳐다보았다. 지난 수십 년 세월 동안 전장을 누비며 온갖 것들을 판별해 온 눈이었다. 추호의 거짓도 용서치 않을 생각이었다.

백룡은 더욱 목소리를 낮췄다. 대장군의 시선을 피하

지 않고 말했다.

"무림인의 소행이 분명합니다."

천인회주 권신 혁린은 무림의 명사들과 자리를 함께
했다. 정파구주와 사파칠주에서 모인 자들로, 하나하나
가 일문을 대표할 만한 인물들이었다.

천검문과 천마회의 싸움이 있은 지 이제 겨우 이틀이
지났다. 아직 천마회의 잔존 세력에 대한 수탐이 제대
로 시작되지도 않은 상태였기에 명사들 간에 나눌 만한
이야기도 빤하였다.

공치사. 아직은 그것에 그쳤다. 천인회의 존속 여
부에 대해 이야기를 나누기에는 너무나 이른 시기였
다.

권신은 자리에 모인 인물들을 다시 한 번 돌아보았
다. 정파구주와 사파칠주의 인사 모두가 모인 것은 아
니었다. 정파구주에서는 천검문과 태양궁을 비롯한 네
개 문파가 빠졌고, 사파칠주에서는 일월문과 녹림 등
네 개 문파가 불참했다.

하지만 그렇다 해도 이 자리에 모인 것은 여덟 개 문
파나 되었다. 천검문과 녹림, 비사문 등이 제대로 된

힘을 발하지 못한다는 사실과, 중소 문파들을 흡수해 급성장한 천인회의 힘을 고려한다면 기실 무림의 힘 대부분이 이 자리에 집결한 셈이었다.

천인회주인 권신은 상석에 앉아 각 문파의 인물들을 하나하나 돌아보았다. 자세를 바로 한 뒤 여덟 명 모두에게 같은 내용의 전음을 보냈다.

[내 여러분을 이 자리에 모이라 한 것은 긴히 전할 중요한 이야기가 있기 때문이오.]

전음을 전달받은 여덟 사람의 눈에 이채가 어렸다. 동시에 여러 사람에게 전음을 보내는 권신의 신기도 대단하였지만, 굳이 전음을 통해 이야기를 하는 연유가 심상치 않았기 때문이다.

권신은 서두를 길게 늘이지 않았다. 단번에 핵심을 찌르듯, 가장 중요한 이야기를 꺼냈다.

[천마회의 주인은 황실이오.]

"지금, 무림인들이 군을 공격했다는 말인가?"

대장군의 얼굴에 떠오른 감정은 당혹스러움과 황당함이었다.

백룡은 서두르지 않았다.

"천인장 둘이 죽은 것으로는 쉬이 내릴 수 없는 판단입니다. 하지만 무림인들의 동태가 심상치 않은 것은 사실입니다. 광룡 대주 둘이 십삼조의 손에 목숨을 잃은 일을 아십니까?"

모를 리가 없었다. 대장군은 반사적으로 고개를 끄덕였다.

"십삼조의 이반 역시 무림인들과 연관이 있다는 암룡의 보고입니다."

대장군은 다시 한 번 인상을 찡그렸다. 백룡의 말을 곧이곧대로 믿을 수가 없었다.

무림은 지금 한창 천마회의 난리로 인해 혼란스러운 상황이었다. 그런 와중에 그들이 무슨 여력으로 황실을 공격한단 말인가. 황실의 핵심 인사가 아닌, 광룡 대주나 천인장을 암습했다는 사실도 마음에 걸렸다.

백룡은 대장군이 속으로 무슨 생각을 하는지를 알 수 있었다. 대장군은 평생토록 무인의 길을 걸은 자답게 우직한 성품이었지만, 결코 어리석지는 않았다. 부화뇌동하는 성품도 아니니 쉬이 걸려들 리가 없었다.

하지만 백룡은 크게 걱정하지 않았다. 그리고 그러한 백룡의 믿음에 응답하듯, 전령 하나가 대장군의 막사 안으로 거의 몸을 던지다시피 하며 나타났다.

"무슨 일이냐!"

제대로 된 절차도 거치지 않은 막무가내식 입장에 대장군의 호위무사가 노성을 터트렸다. 하지만 전령은 그런 호위무사에게 대답하지도, 대장군 앞에 머리를 조아리지도 않았다. 가까스로 숨을 가다듬고 소리쳤다.

"만인장 전규가 암살당했습니다!"

대장군의 눈빛이 변했다.

백룡은 그 변화를 놓치지 않았다.

[황실이 무림을 공격했소.]

권신이 꺼낸 짧은 말 몇 마디가 좌중을 휩쓸었다. 어느 누구도 쉬이 입을 열지 못했다. 제자리에 얼어붙어 당혹스러움을 감추지 못했다.

"화, 확실한 것이오?"

진선도 장문인인 무위자가 저도 모르게 말을 떨었다. 그만큼이나 놀라운 일이었다.

권신은 침착함을 잃지 않았다.

[천마회에 소속된 마인들 대부분이 이전 세대의 마두들로 밝혀졌소. 그리고 그들은 황실의 뇌옥에 갇혀 있

던 자들이오.]

　시작은 청안독노였다.

　비사문과 녹림에서의 싸움에서 이목을 돌리지 않은
문파의 대표들은 저마다 곤혹스런 침음을 삼켰다. 천마
회에 이전 세대의 마두들이 몇이나 섞여 있다는 사실을
이미 알고 있었기 때문이다.

　[천인회 활동을 하며 여러 정보들을 수집하였소. 그
리하여 나온 결론이오. 말만으론 납득하기 어려울 터이
니, 여기 준비한 문서들을 보시오.]

　권신이 가장 가까이에 앉은 무위자에게 작은 서책 하
나를 내밀었다. 무위자는 급히 서책을 뒤적였고, 오랜
세월 쌓아 온 수양에도 불구하고 억누르지 못한 경악과
분노를 토하였다.

　"황실이 어이하여……."

　아직 서책을 보지는 못하였지만 무위자의 반응만으
로도 권신의 말이 거짓이 아님을 알 수 있었다. 궁주의
원수를 갚기 위해 궁 전체의 뜻까지 거부하며 단신으로
천인회에 참여한 태양궁 장로 섬천군의 탄식에 권신이
답했다.

　[천검문에서의 싸움으로 우리는 수많은 마인들을 멸

하였소. 아무리 황실이라 할지라도 이전과 같은 수의 마인들을 동원하지는 못할 것이오. 사실상 이번 사태는 일단락되었다고 해도 좋을 것이오. 하지만……]

권신은 이를 악물고 한차례 숨을 골랐다. 각 문파의 인사들에게는 권신이 화를 억누르는 것처럼 보였다.

[그렇다 하여 황실이 무림을 공격했다는 사실이 지워지는 것은 아니오. 천마회로 인해 사라진 문파와 죽은 사람의 수를 상기해 보시오.]

정파구주와 사파칠주 가운데 넷이나 되는 문파가 봉문의 위기에 몰렸다. 중소 문파 수십이 멸문당했고, 죽고 다친 자의 수를 헤아리면 수천도 우스웠다.

피해가 컸다. 결코 좌시할 수 없는 일이었다.

각 문파의 대표들 사이로 술렁거림이 번지자 권신이 쐐기를 박아 넣었다.

[우리가 이대로 침묵하면 황실은 또다시 무림을 노릴 것이오.]

천마회 사태가 이번 한 번으로 끝나리라는 보장은 없었다.

제이의 천마회가 나타난다면, 그때 놈들이 노리는 것은 비사문이나 녹림, 천검문이 아닐 터였다.

지금 이 자리에 모여 있는 대표들이 소속된 문파. 남은 정파구주와 사파칠주.

위기감이 번졌다. 정파 최강을 논하던 천검문조차도 천마회로 인해 막대한 피해를 입었다.

무위자가 순간 눈을 깜빡였다. 불현듯 고개를 들어 권신을 바라보았다.

"지금 설마……."

권신이 말하고자 하는 것.

권신이 이 자리에 모인 인사들에게 주장하고자 하는 것.

백룡은 대장군에게 빠르게 말했다.

"어서 빨리 대승상에게 연락을 취해야 합니다. 무림인들의 목적이 무엇인지는 명확히 알 수 없지만, 놈들은 이미 행동을 개시했습니다!"

대장군의 눈빛이 흔들렸다. 하지만 그는 속단하지 않는 인물이었다. 그렇기에 백룡은 다시 한 번 힘주어 말했다.

"대장군과 광룡의 주력은 지금 이곳에 있습니다. 황도가 아닌 이곳에!"

권신은 무위자를 마주하였다. 고개를 끄덕였다.

[가만히 앉아서 당하고만 있을 수 없소.]

당하고만 있지 않는다.

황실을 상대로 그저 지켜만 보고 있지 않는다.

그것이 의미하는 바는 하나.

서로 다른 땅.

똑같은 주인을 모시는 두 사람은, 백룡과 권신은 각기 마주한 이들에게 말하였다.

"우리 관군은……."

[우리 무림은…….]

"[행동해야 하오.]"

제32막
전개

필요한 것들은 이미 모두 주었다. 그렇지 않더냐?

— 스승

　사정혜는 내리 삼 일을 앓았다. 사이사이 잠깐씩이나
마 정신을 차리긴 했지만, 대부분의 시간을 의식 없이
보내야 했다.
　오른쪽 어깨에 난 관통상이 너무 심했다. 신기라 해
도 좋을 애묘의 의술로도 완치시키는 것이 불가능했다.
사정혜는 까짓것 환골탈태하면 된다고 애써 웃어넘겼지

만, 어디까지나 겉으로만 그럴 뿐이었다. 이러니저러니
해도 사정혜는 아직 어린 소녀였다. 상처가 상처인지라
흉터까지 크게 남고 말았다.

신조는 사 일 만에 눈을 떴다. 사정혜처럼 중한 상처
가 있는 것도 아님에도 불구하고 깨어나는 데 오랜 시
간이 필요했다.

서쪽 땅과 중앙의 경계에 위치한 안전가옥 안.

신조는 누운 자리에서 일어섰다. 창문도, 문도 꼭꼭
닫힌 방 안은 어두웠다.

신조는 자연스럽게 기감을 펼쳤다. 너무 넓지 않게
주변만을 감쌀 정도로 뻗었고, 이내 손을 뻗으면 닿을
거리에 사정혜가 누워 있음을 인지했다.

신조는 우선 안도의 숨을 토했다. 의식을 잃기 전 마
지막으로 보았던 광경을 생각하면 당연한 일이었다.

신조는 조금 더 기감을 넓게 펼쳤다. 신조보다 고수
가 아니면 눈치채기 힘들 만큼 은밀한 기감이었다.

방 밖에서 익숙한 기운 하나가 느껴졌다. 다름 아닌
애묘였다. 신조는 목소리를 내는 대신 기감의 성질을 바
꾸었고, 애묘는 이내 눈치챘다. 방문을 열고 들어섰다.

"신조."

방문 너머에서부터 뻗어 온 빛은 그리 밝지 않았지만, 지난 사 일 동안 어둠 속에만 있던 신조는 눈살을 찌푸렸다. 마른 목으로 목소리를 내는 대신 그저 희미하게 미소 지었다.

"일단 물부터 마셔. 몸도 멀쩡한 애가 안 일어나서 얼마나 걱정했는지 알아?"

애묘가 방구석에 놓여 있던 물주전자로 얼른 물을 한 잔 따라 주며 말했다. 신조는 잠자코 물을 받아 마셨다. 마른 목에 물기가 닿으니 몸의 감각 자체가 새로워지는 기분이었다.

신조는 몇 번인가 입술을 달싹거린 뒤에 애묘에게 물었다.

"어떻게 되었지?"

무엇을 묻는지는 뻔하였다. 애묘가 눈썹을 팔자로 모으며 고개를 내저었다.

"완전 개털 됐지. 천인회와 권신은 무림을 구한 영웅이 다 되었어. 천마회는 사실상 와해되었고 말이야."

당연한 수순이었다. 신조가 재차 물었다.

"도황의 사형은?"

태양궁주를 쓰러트린 천마회의 고수. 황궁 지하 통로

에서도 마주한 그는 분명 사황오제에 버금가는 무위를
갖추고 있었다.

애묘가 약간은 허탈한 미소를 그렸다.

"검제가 쓰러트렸어. 덕분에 검제도 침상 신세지만
말이야."

비록 사흘 밤뿐이지만 도황과 꽤 많은 대화를 나눈
애묘였다. 그가 자신의 사형에게 어떤 감정과 생각을
품고 있는지 잘 알았다.

삼각귀, 도황의 사형 패천일도는 검제 백강호에게 패
했다. 검제 백강호 역시 전신의 기혈이 상해 반년 이상
요양이 필요한 몸 상태가 되었지만 결국 이긴 것은 검
제였고, 패한 것은 삼각귀였다.

신조는 한차례 눈을 감았다. 새삼 피로가 몰려왔기
때문이다.

"며칠이나 지났지?"

몸 상태로 보아 하루나 이틀은 아닐 터였다. 애묘가
신조에게 물을 한 잔 더 따라 주며 말했다.

"빨리도 묻는다. 사 일 지났어."

신조는 이번에도 얌전히 물 잔을 받아 들며 날짜를
헤아려 보았다. 옆에 누운 사정혜를 돌아보며 물었다.

"사정혜는? 그리고 아랑 형은?"

"오른쪽 어깨 부상이 좀 심해. 아마 예전보다는 힘이나 속도…… 모든 게 좀 부족할 거야. 그래도 목숨에는 지장 없어. 나중에 깨어나면 고맙다고 꼭 제대로 인사해. 너 지키다 저렇게 된 거니까. 그리고 아랑은 바깥 동향 좀 살피러 나갔고. 여긴 서쪽 땅과 중앙 사이에 있는 내 안가야."

애묘의 제법 긴 설명에 신조는 고개를 끄덕였다. 며칠간 정양했을 터인데도 지친 기색이 완연한 사정혜의 얼굴을 보며 안타까움과 감사한 마음을 동시에 품었다.

혈랑마존의 혈겁 이후 정사를 구분하는 일이 모호해지기는 했지만, 그래도 사파라고 하면 사람들이 흔히 가지는 선입견이 있었다. 사정혜는 분명 사파의 인물이었다. 하지만 올곧은 의지와 끈끈한 의리는 정파의 협객들 이상이었다.

신조는 다시 애묘를 돌아보았다.

"의논하고 싶은 이야기가 있어."

"뭔데? 갑자기 무게까지 잡고 말이야."

애묘가 짐짓 너스레를 떨며 웃었다. 어쩐지 모르게 불길한 예감이 들 때 그녀가 자주 보이는 모습이었다.

신조는 나직이 말했다.

"권신이 날 이상하게 불렀어."

가벼이 넘길 수 없는 호칭. 신조의 정신을 일순간이나마 완전히 붙잡은 권신의 말.

"혈랑마존의 전인."

신조는 애묘의 눈을 보았다. 고양이를 닮은 애묘의 밝은 갈색 눈동자가 흔들렸다. 동요를 감추지 못했다.

"어떻게 생각해?"

물음에 애묘 또한 신조의 눈을 보았다.

애묘의 눈에서 동요가 사라졌다. 그녀는 처연한 미소를 그렸다.

신조는 애묘의 소리 없는 대답을 들었다.

"그렇게 생각하는구나."

"그래, 나도 그렇게 생각해."

혈랑마존의 전인.

스승님은 혈랑마존이다. 혈랑마존이 스승님이다.

고금제일마.

천하제일인.

당연한 일이었다. 그럴 수밖에 없는 일이었다.

아무리 제가 넓고 은둔한 고수가 많다 할지라도 스승

님 정도의 힘을 가진 자가 세상에 여럿 있을 수는 없는 일이었다.

신조가 어깨를 늘어트렸다.

"언제부터 알았던 거야?"

"아주 오래전부터. 스승님이 우리 곁을 잠시…… 아니, 떠나시기도 전에."

신조는 스승님께 남은 애묘의 미련을 느꼈다.

이십 대 후반에서 서른 초입. 애묘의 외양이었다. 하지만 신조는 애묘의 얼굴에서 맹랑한 소녀였던 시절의 그녀를 보았다. 육십 년이 넘는 세월을 살아온 여인의 삶을 느꼈다.

애묘도 지쳐 있었다.

신조가 눈을 감으며 물었다.

"증거는?"

"그런 것이 굳이 필요할까? 다만……."

애묘는 말끝을 흐렸다. 애묘와 신조가 스승님이 혈랑마존이라 생각한 것은 오랜 시간 스승님과 함께하며 나눈 이야기들 때문이었다.

그리고 이런 십삼조와는 다른 이유로 스승님이 혈랑마존이라 생각하는 이가 있었다.

"도황도 비슷한 생각을 하더라. 구체적인 내용까진 알려 주지 않았지만, 사황오제삼신 사이에서만 전해지는 어떤 전승 덕분에 그리 생각한 모양이야."

사황오제삼신이 대대로 이어 온 비전.

그런 것이 있다는 것은 신조도 알았다. 일전에 도황이 지나가면서 그런 것이 존재한다는 언급을 한 적이 있었다.

전승, 비밀.

역시나 혈랑마존과 관련된 것일까?

그 최후의 싸움에 얽힌 이야기라도 되는 것일까?

스승님은 자신을 꺾은 자가 폭뢰의 용, 뇌신이라 말씀하셨다. 스승님이 거짓말을 하셨다고는 생각할 수 없었다.

그렇다면 사황오제삼신이 아닌 다른 누군가가 스승님을 쓰러트린 것일까?

사황오제삼신은, 검신 용화성은 이름 모를 뇌신의 공적에 자신들의 이름을 얹은 것뿐일까?

부질없는 추측이었다. 사황오제삼신의 위명이 진실이든 거짓이든 중요하지 않았다.

스승님이 혈랑마존이다.

십삼조는 혈랑마존의 전인들이다.

"그렇다 해도 변하는 것은 없어."

애묘가 문득 말했다. 신조의 생각을 꿰뚫어 보기라도 했는지 시의적절한 말이었다. 그녀는 계속 말했다.

"스승님은 우리 스승님이고, 광룡은 여전히 쳐 없애야 할 적이야."

달라질 것은 없었다. 광룡이 뇌호와 맹저를 죽였다는 사실은 변하지 않았다.

"그래, 누나 말이 맞아. 변하는 것은 없어."

애묘는 부드럽게 미소 지었다. 손을 뻗어 신조의 뺨을 어루만졌다.

"왜 그렇게 쉽게 당했나 했더니, 이거였구나. 하여간 은근히 마음이 여려."

신조는 애묘의 손길을 거부하지 않았다. 길게 숨을 토했다.

"아랑 형과도 이야기를 해 봐야겠어. 권신이 광룡의 주구가 된 것이나…… 어찌 되었든 이번 사태와 어떤 연관이 있을 것 같아. 그리고 어쩌면……."

신조는 잠시 말을 끊었다. 여전히 자신의 뺨에 닿아 있는 애묘의 손을 부드럽게 감싸 쥐었다.

"광룡이 우릴 없애려 한 이유와도 말이야."

혈랑마존의 전인.

그들 각자가 물려받은 기예.

그 기예를 담은 증표.

누구라도 생각할 수 있는 일.

기예를, 증표를 하나로 모으면 새로운 혈랑마존이 탄생하지 않을까?

애묘와 신조는 서로의 생각을 읽었다. 하지만 둘 중 누구도 서로의 생각을 입 밖으로 내지 않았다.

신조가 다른 이야기를 하였다.

"사 일이면 아직 천인회 쪽에서 이렇다 할 움직임이 없을 것 같기는 한데 말이야."

"맞아. 아직까지는 그냥 수순대로 돌아가고 있어. 그래도 혹시 모르니 아랑이 수고하고 있지."

천마회의 잔당에 대한 조사를 하며 천인회의 공을 제 전역에 널리 알린다.

상식선의 일이었고, 그 정도는 신조도 쉬이 예상할 수 있었다.

애묘가 자리에서 일어섰다.

"배고프지? 죽 가져올 테니까 기다리고 있어."

애묘가 방을 나섰다. 방문도 닫았기에 방 안은 다시 어둠에 잠겼다.

"스승님."

신조는 말해 보았다. 닿지 않을 부름을 허공에 흩어 놓았다.

◐

아랑은 언덕 위에 홀로 서 있었다. 사 일 전, 이후 때때로 쏟아진 비가 이번에도 내려 아랑의 모습을 세상 으로부터 유리시켜 주었다.

언덕은 천인회의 본부인 진선도와도 가까운 곳에 있 었다. 화전민들의 폐가에서 하룻밤을 보낸 아랑은 곧장 길을 나서 진선도 쪽으로 향하였다. 도중에 천검문 외 곽에 잠시 들렀을 때 외에는 줄곧 발을 멈추지 않았다.

아랑이 스승에게 물려받은 것은 정보 수집과 분석 능 력이었다. 그리고 그것은 애묘의 말마따나 주술에 가까 운 것이었다.

정보를 수집하는 방법은 무엇인가.

개원과 하오문은 무림에서도 손꼽는 뛰어난 정보 수

집 능력을 갖추고 있었다.

수집(收集).

정보를 모은다.

작은 이야기 하나하나를 모아 큰 이야기를 만든다.

개원이고 하오문이고 결국 다를 것이 없었다. 무림의 다른 모든 조직들, 황실의 암룡과 광룡 또한 결국엔 같은 방법을 사용했다.

정보를 묻고, 사고, 모으고, 종합한다.

개원과 하오문이 정보력에서 다른 조직들을 앞서는 이유는 간단했다.

정보를 모을 사람이 많다. 정보를 모을 사람이 도처에 퍼져 있다.

정보력이라는 것은 크게 두 가지로 나누어 볼 수 있었다.

하나는 많이 아는 것.

정보라는 것은 하나만 알아서는 소용없는 것이 많았다. 정보와 정보 간의 연계가 필요했다. 사실과 사실이 이어져 어떤 결과를 추론해 낼 수 있을 때, 어떤 결과를 미연에 알고 이에 대비할 수 있을 때 정보는 진정한 가치를 갖는 법이었다.

다른 하나는 빨리 아는 것.

아무리 요긴한 정보라도 때와 시를 놓치면 소용이 없었다. 모든 정보는 가장 잘 활용될 수 있는 최적의 시와 때가 존재했다. 때문에 정보는 그 신속성이 생명이었다. 이미 일어난 일에 대한 정보는 그야말로 무용지물, 그 자체였다.

정보.

아랑은 스승에게 정보를 다루는 법을 전수받았다. 그리고 아랑은 홀로 개원이나 하오문에 필적할 수 있었다. 아니, 오히려 그들을 압도했다.

아랑은 자신만의 정보 수집 조직을 갖고 있지 않았다. 전서를 전할 연락망은 구축해 두었지만, 그건 오직 연락만을 위한 것이었다. 정보의 수집과는 무관했다.

아랑은 세상으로부터 정보를 읽어 냈다.

주술.

세상에는 이 세상을 구성하는 거대한 틀이 존재했다. 운영 체계라고도 볼 수 있을 그것 속에서 세상 만물은 살아가고 있었다.

삶의 기록, 세상의 기억.

스승은 그것을 '세상의 기록' 이라 불렀다.

아랑이 배운 것은 세상의 기록을 읽는 법이었다.

하지만 아랑은 한낱 인간에 불과했다. 드넓은 세상과
는 비교조차 할 수 없는 하찮은 존재였다.

그랬기에 아랑은 세상의 모든 기록을 실시간으로 읽
어 낼 수 없었다. 그런 짓을 시도했다가는 찰나에 목숨
을 잃는 것에 그치지 않고, 과도한 부하를 견디지 못한
영혼이 문자 그대로 소멸할 것이 분명했다.

스승은 아랑에게 특정 지역에 새겨진 일정 기간 동안
의 세상의 기록을 읽는 법을 알려 주었다. 특정한 매개
를 통해 원거리에서 읽고자 마음먹은 지역의 기록을 읽
는 법 또한 가르쳐 주었다.

이것이 바로 아랑이 지닌 정보력의 비밀이었다. 비록
'인간의 한계' 때문에 읽어 낼 수 있는 지역의 넓이도,
읽어 낼 수 있는 기간도 그리 넓고 길지 않고 사람의
속내까지 읽어 내는 것은 불가능했지만, 그렇다 하여
괄시할 수는 없는 능력임에 분명했다. 아니, 가히 초월
적이라 해도 좋을 능력이었다.

이틀 전, 아랑은 천검문 본산의 기록을 읽어 냈다.

검신의 죽음을 알았다. 그와 권신이 나눈 대화를 읽
었다.

사황오제삼신의 전승. 혈랑마존과 그들 사이에 있던 싸움의 진실.

그리고 혈랑마존을 무찌른 진정한 구주.

폭뢰의 용, 뇌신의 힘을 부리는 귀신의 혈족.

권신은 말했다.

이 세상에서 무림을 없앨 것이라고, 무림을 이 세상에서 지워 초인이 만인을 위협하는 그릇됨을 바르게 고칠 것이라고.

그리고 아랑은 지금 이 순간 진산도 본산의 기록을 읽었다. 정보의 홍수 속에서 간신히 의미 있는 기록의 파편을 찾아낼 수 있었다.

권신은 전음을 주로 사용한 것 같았지만, 다른 이들이 조금씩 흘린 이야기들이 있었다. 그것만으로도 어떤 대화가 오갔는지 충분히 유추할 수 있었다.

권신은 천마회가 광룡의 주구라는 사실을 공개했다. 이대로 '무림'이 '황실'에 당하고만 있으면 안 된다고 각 문파의 대표들을 선동했다.

아랑은 권신이, 광룡이 진정으로 추진한 일이 무엇인지 이제는 알 수 있었다.

"내전."

무림과 황실의 충돌.

정파구주와 사파칠주, 무림의 힘을 모두 그러모으면 수만 대군이 우스웠다. 더욱이 일반 병사들의 눈으로 보면 '초인'이라 할 수 있을 수천 명의 정예가 준비되는 셈이었다. 초절정고수들의 암습 역시 무시할 수 없었다.

"이것이었군."

무림과 황실의 충돌로 양측 모두의 힘을 소진시킨다. 그 사이에서 실리를 취해 광룡이 황실을 손에 넣는다. 힘이 빠진 무림을 쳐 세상에서 무림을 소멸시킨다.

어느 한쪽만을 움직여서는 이루기 힘든 일이었다. 어떤 결과가 일어날지 양측 모두 모르지 않을 터였기에 충돌을 일으키기 어려웠다.

하지만 양쪽 모두를 움직일 수 있다면, 그럴 만한 힘과 여건이 마련되어 있다면…….

"광룡……."

광룡은 천마회로 무림의 황실에 대한 적대감을 키웠다. 천마회에 대항하는 무리들의 대표 격인 천인회의 수장은 이미 광룡의 주구임이 명백한 권신 혁린이었다.

북부 원정군에는 광룡의 대주들이 포함되어 있었다.

황실에도 광룡 대주들이 있었다. 황실을 격앙시키는 것
은 어렵지 않았다. 몇 명, 높은 자리에 있는 자들을 암
살한 뒤 무림에 그 죄를 뒤집어씌우면 되는 일이었다.

불안감이 조성된 양 집단은 화약고와 같았다. 그 사
이에 불씨를 놓기만 하면 그 뒤의 충돌은 따로 손을 쓰
지 않아도 자연스럽게 이뤄질 터였다.

광룡의 속셈은 알았다. 그들이 원하는 것이 무엇인지
도 예측할 수 있었다.

하지만 과연 막을 수 있을 것인가.

고작 셋밖에 남지 않은 십삼조는 무슨 일이든 해낼
수 있던 과거의 십삼조와 너무나 달랐다.

아랑은 뒤돌아섰다. 스승님이 혈랑마존이라는 사실
을 새삼 재확인한 것에 마음을 쓸 겨를이 없었다.

빗줄기 사이로 아랑이 모습을 감추었다.

◐

천룡은 홀로 서서 하늘을 보았다. 내리는 비를 피하
지 않았다. 장대비가 쏟아지기 때문인지 광룡 본부 후
원에는 다른 사람의 그림자를 찾을 수 없었다.

많은 것이 변했다. 흘러간 시간처럼 돌이킬 수 없는 변화였다.

천룡, 창룡 자신의 외양적인 변화는 그저 부수적인 것에 불과했다. 백발적안은 폭뢰신창의 극의인 뇌신을 깨우친 자가 취하게 되는 모습일 뿐이었다.

진정으로 변해 버린 것. 이제는 돌이킬 수 없는 것.

뇌호와 맹저가 죽었다. 다른 누구도 아닌 창룡 자신이 죽이라 명했다. 스스로의 손으로 죽인 것과 다름이 없었다.

두 사람의 죽음이, 부재가 슬프지 않다면 거짓이었다. 하지만 눈물은 나오지 않았다. 창룡은 쏟아지는 빗줄기로 자신의 눈물을 대신하였다.

혈랑마존.

스승님.

어디서부터 잘못된 것일까?

아니, 어디서부터 이런 흐름이 만들어진 것일까?

창룡은 발걸음을 떼었다. 결국엔 스스로가 선택한 길임을 상기했다. 뇌호를 죽인 것도, 맹저를 죽인 것도 창룡 자신이었다. 남은 십삼조를 말살하려는 것 역시 창룡 자신의 의지였다.

그리고 이제부터 시작될 무림과 황실의 싸움도, 그 싸움의 결과로 흐르게 될 숱한 피 역시 다르지 않았다.

"아랑, 싸움은 멈출 수 없다."

굳이 목소리를 내어 보았다. 닿지 않을 것을 빤히 알면서도 그렇게 하였다.

아랑이라면, 세상의 기록을 읽어 내는 것이 가능한 녀석이라면 검신의 죽음도, 천인회의 진짜 목적도 모두 알아차렸을 것이 분명했다.

하지만 아랑은, 십삼조는 이제부터 일어날 혼란을 막을 수 없었다.

무림은 이미 천마회라는 황실의 비수를 맛보았다.

북부 원정군은 이미 천인장 둘과 만인장 하나를 잃었다. 그리고 앞으로 며칠 내로 더 많은 장수들을 잃을 터였다. 황실의 백관들 역시 암살의 예외가 되지 못했다.

물이 쏟아졌다. 이미 엎질러져 다시 주워 담을 수 없었다.

황실과 무림이 싸우면 누가 이길 것인가.

싸움의 행방은 어찌 될 것인가.

백중세.

싸움을 조장한 창룡도 섣불리 누가 이길 거라 단언할 수 없었다.

무림인들이 동원할 수 있는 병력은 황실에 비해 무척이나 적었다. 정파구주와 사파칠주의 문도들을 모두 합쳐 봐야 만 오천 명 전후였다. 더욱이 각 지역별로 문파들이 나뉘어 있다는 것을 고려한다면, 한 방위에서 나올 수 있는 병력은 사천 명 전후에 불과했다.

하지만 중소 문파들과 이름 없는 낭인들까지 모두 무림의 편에 선다면 그 수를 두 배 가까이 불리는 것도 불가능하지 않았다. 더욱이 병력 하나하나의 질이 황실보다 높았다.

절정고수의 수만 생각하면 무림이 황실을 압도했다. 무림인들이 실리를 추구해 정면 대결 대신 암살이나 기습 위주의 기동전을 꾀한다면 충분히 승산이 있었다.

황실도 무력하지만은 않았다. 누가 뭐라 해도 당금 천하는 제의 것이었다. 바로 운용할 수 있는 병력인 북부 원정군만 해도 수만에 달했고, 전국에 있는 병력의 수는 수십만을 헤아렸다.

무림인들이 한 명, 한 명은 관군보다 강할지 몰랐지만, 애당초 전쟁에서 중요한 것은 개개인의 기량이 아니라 하나로 집결한 부대였다.

관군이 제대로 포위망을 구축해 수적 우위로 무림을
밀어붙이면 제아무리 무림이라 해도 견뎌 낼 재간이 있
을 리 없었다.

사황오제삼신은 분명히 강했지만, 모두 합쳐도 혈랑
마존 하나를 당해 내지 못하는 것이 현실이었다. 혈랑
마존이 이룬 역사는 반복되지 않을 터였다.

결국에는 시간 싸움.

황실의 힘이 집결해 무림을 몰아붙이는 것이 먼저일
것인가, 무림인들이 황도를 제압하고 나라를 뒤집는 것
이 먼저일 것인가.

어느 쪽이든 상관없었다.

무림이 이긴다면 함께 나라를 뒤집은 뒤 약해진 무림
을 멸하면 그만이었다.

황실이 이긴다면 황제를 죽이고 만신창이가 된 황실
을 뒤엎으면 되었다.

모든 일이 끝났을 때 무림은 없어질 것이며, 세상을
어지럽게 할 초인 또한 사라질 것이다.

오직 하나, 돌아올 혈랑마존을 막을 창룡 자신 하나
를 제외하고는 말이다.

혈랑마존.

고금제일마.

십삼조는 그의 전인들이었다. 창룡 자신을 제외한 나머지 여섯은 혈랑마존의 재주를 이었다.

그들이 이어받은 것을 모두 모으면, 그 증표의 힘을 하나로 집결시키면 새로운 혈랑마존이 탄생하는 것은 아닐까?

알 수 없었다. 확실하지 않았다.

스승님은 거짓말을 하지 않는 사람이었다. 그런 그가 후대에 또 다른 혈랑마존이 돌아올 것이라 말했으니, 새로운 혈랑마존이 탄생하는 것만은 사실일 터였다.

그 새로운 혈랑마존은 십삼조를 염두에 둔 것일까, 아니면 따로 다른 수를 마련해 둔 것일까?

창룡은 계속해서 걸었다. 빗줄기는 가늘어지지 않았다. 하늘은 새카맣게 물들었고, 어둠이 황도를 뒤덮었다.

창룡은 멈추지 않았다. 요호가 있는 곳을 향했다.

제33막
탐랑

언제부터였을까, 내가 이렇게 변해 버린 것은.

　　　　　　　　　　　　　　　　　　　　　　　　— 창룡

　　　　　　　　　　　　　　◑

　수면 아래에서 급박한 움직임들이 이어졌다.

　북부 원정군은 진군을 멈추고 황실에 사자를 급파했
다.

　천인회에 자리한 각 문파의 명사들은 자신들의 소속
문파에 작금의 사태를 알리느라 바빴다.

정도의 차이는 있었지만 양측 모두 생각하는 것은 결국 똑같았다.

'이길 수 있을 것인가.'

황실은 무림의 역모가 진실인지를 잘 판별해야만 했다. 천마회의 준동으로 한풀 꺾이긴 했지만, 무림은 결코 무시할 수 있는 세력이 아니었다. 혈랑마존의 혈겁 때 입었던 피해를 황실은 잊지 않았다.

초인.

사황오제삼신으로 대표되는 무림의 초인들.

시기상으로 무림인들이 역모를 꾀하기 좋은 시점은 아니었다. 천마회의 준동으로 적지 않은 힘이 꺾인 무림이 아닌가.

하지만 반대로 생각하면 지금이 호기이기도 했다. 북부 원정군이 황실을 떠나 있었고, 천마회를 막기 위해서라는 명분하에 집결한 천인회라는 힘이 있지 않은가.

무림은 황실을 두려워했다. 아무리 초인이라 해도 결국엔 인간. 계속된 싸움에는 지칠 수밖에 없었다. 황실이 압도적인 병력을 무기로 정면 공격을 해 오면 무림으로서는 버텨 낼 재간이 없었다.

더욱이 힘이 집결되어 있다 할지라도 각자의 고향이

라 할 수 있을 문파는 따로 떨어져 있는 상황이 아니었
던가.

무림인들에게도 가족과 삶의 터전이 있었다. 황실에
맞선다는 것은 결국 역모를 의미하는 것이었고, 역모는
구족을 멸하는 것이 상식이었다.

설사 싸움에서 이긴다 할지라도 관군이 호락호락 당
해 줄 리 없으니, 각지의 자리한 문파들 가운데 반수
이상은 초토화될 것이 분명했다.

권신과 백룡은 솜씨 좋게 완급 조절을 하였다. 각자
무림인들과 대장군을 대표로 한 무인들에게 적당한 자
극을 주며 상황을 이끌었다.

직접적인 싸움까지는 아직 시간이 필요했다.

황실도, 무림도 상황을 검토하기에 바빴다.

그렇게 생긴 며칠의 시간. 폭풍전야의 고요가 이어졌
다.

"돌아가."

신조는 사정혜와 마주 서 있었다. 자리에서 일어나
지 삼 일째 되는 날 아침이었다.

아랑은 어젯밤 돌아왔고, 자신이 새로이 알게 된 것

들을 신조와 애묘, 사정혜에게 전했다. 숨긴 것은 스승님이 사실 혈랑마존이라는 이야기 하나뿐이었다.

검신의 죽음과 천인회의 진짜 목적에 신조와 애묘는 무어라 말을 할 수 없었다. 검신의 죽음에 격분한 사정혜도 무림과 황실의 싸움을 조장하려 한다는 계획에는 아연실색할 수밖에 없었다.

그리고 다음 날 아침, 신조는 사정혜에게 흑사문으로 돌아가라 말했다. 자리에서 일어나긴 했지만 사정혜는 여전히 환자였다. 부목을 대고 붕대로 단단히 동여맨 오른팔을 한차례 내려다본 신조가 다시 말했다.

"흑사문에 돌아가서 몸을 보살펴. 그게 최선이야."

사정혜는 입을 꾹 다물고 자신보다 훨씬 더 큰 신조를 똑바로 노려보았다. 하지만 신조는 조금도 동요하지 않았다. 마음을 바꿀 생각도 없었다. 사정혜가 소리쳤다.

"그게 어째서 최선인데? 지금 나 혼자 꼬리 말고 도망치라고? 권신, 그 나잇살만 처먹은 늙은이가 세상을 뒤집으려고 하는데? 검신 할아버지를 죽였는데?!"

어찌나 분했는지 눈시울이 붉었다. 아주 약간이지만 눈물까지 보였다.

검신은 검제의 스승이었다. 아버지나 다름없는 사람이었다. 사정혜도 검신과 친분이 있었다. 검신이 가장 아끼는 제자의 여인을, 천하제일의 무재를 타고난 아이를 어찌 귀여워하지 않았겠는가.

신조는 사정혜의 심정을 이해했다. 검신이 죽은데다가 검제까지 심한 부상을 입고 쓰러졌다고 하니 가슴이 찢어지는 기분일 터였다.

하지만 그래도 말해야만 했다. 사정혜를 위하기 때문에 더욱더 밀어내야만 했다.

"넌 다쳤어. 지금의 넌 전력이 되지 못해."

"나을 거야! 애묘 언니 솜씨는 신의 뺨 때리잖아! 아니, 그러니까 더더욱 있어야겠어. 애묘 언니가 치료해주지 않으면 팔을 못 쓰게 될지도 몰라!"

억지였다.

신조도, 사정혜도 그것을 알았다.

사정혜는 정말로 남고 싶었다. 이대로 돌아가면 울화통이 터져 죽을 것만 같았다. 천하제일 흑사문의 후계자로 살며 이렇게 원통했던 적이 없었다.

신조는 고개를 가로저었다. 사정혜의 왼쪽 어깨 위에 손을 올렸다.

"짧은 기간이었지만, 단 한 번의 싸움이었지만 네게
는 크게 감사한다."

사정혜는 신조를 살리기 위해 큰 부상을 입었다. 죽
음이 임박한 상황에서도 도주하지 않고 신조를 지켰다.
그리고 신조를 원망하지 않았다. 앞으로 오른팔을 예전
처럼은 쓰지 못할 거란 사실을 알면서도 싫은 소리 한
번 하지 않았다.

"넌 멋진 여자야."

마지막 말은 얼결에 튀어나온 말이었다. 애당초 말을
그다지 잘하지는 못하는 신조였다. 하지만 진심이었다.
한참이나 어린 사정혜였지만, 신조는 그녀를 인정했다.

사정혜는 한숨을 길게 토했다. 이를 악물고 코를 한
번 훌쩍인 뒤에 고개를 바로 세웠다.

"다 나으면."

새어 나왔던 눈물도 닦아 냈다. 억지로나마 자신만만
한 미소를 그렸다.

"다 나으면 다시 찾아올 거야. 가가랑 같이 권신이고
광룡이고 뭐고 다 쳐부술 거라고!"

"그래."

"그러니까 그전에 섣불리 움직이지 마. 계란으로 바

위 치기하지 말고 때를 기다려. 청조 과부 만들려고 하면 내 손에 죽을 줄 알아!"

십삼조는 어떻게든 광룡을 막으려 할 것이 분명했다. 하지만 어린 사정혜가 보더라도 이미 판도는 기울었다. 신조가 아무리 사황오제삼신에 필적하는 고수라 해도 할 수 있는 일과 없는 일이 있었다. 당장에 천검문에서도 권신에게 죽을 뻔하지 않았던가.

신조는 고개를 끄덕였다.

"기다리마."

사정혜는 숨을 골랐다. 깨끗이 돌아서지 못하고 무어라 몇 마디를 더 털어놓고 말았다. 신조는 가만히 들어주었다. 그리고 그런 사정혜와 신조를 아랑과 애묘가 멀리서 지켜보았다.

"좋은 아이네."

"좋은 아이지."

"너랑 닮았어."

아랑의 말에 애묘가 돌아보았다.

아랑이 어깨를 으쓱였다.

"자기 사람에게는 더없이 살갑지만, 적에게는 가차없지."

"칭찬이지?"

"칭찬이야."

아랑과 애묘는 서로를 보며 작게 웃었다.

"싸움을 막을 방법이 있을까?"

애묘가 물었고, 아랑은 하늘을 올려다보았다. 며칠 동안 비가 쏟아져서 그런지 티 하나 없이 맑았다.

"천인회 쪽은 텄으니까, 황제와 대승상, 대장군 쪽을 노려봐야겠지."

천인회는 사실상 권신의 조직이었다. 아예 포기할 생각은 없었지만, 그렇다 해서 어떻게 움직여 볼 방도가 있는 것도 아니었다.

반면, 황실은 아직 희망이 있었다. 광룡은 황실의 일개 기관에 불과했다. 대장군과 대승상 역시 녹록치 않은 인물들이니 광룡에 이용만 당하지는 않을 터였다.

하지만 애묘는 눈썹을 팔(八) 자로 모으며 근심 섞인 목소리를 토했다.

"가능해? 우린 증거가 없잖아."

"그래서 문제지. 그래서 문제야."

천마회와 광룡을 연결할 증거가 없었다. 세상의 기록을 읽을 수 있는 것은 오직 아랑뿐이니 이 또한 증거가 될 수 없었다.

대승상과 대장군이 과연 아랑의 말을 믿어 줄 것인가.

어떻게 해야 그 둘이 아랑의 말을 믿을 것인가.

애묘가 어깨를 으쓱였다.

"아무튼 대승상과 대장군, 어느 쪽부터?"

"둘 다 해 봐야겠지. 시간이 촉박해."

유성과 귀영신투에게서 천인장 둘과 만인장 하나가 암살당했다는 첩지가 도착했다. 아직까지는 비밀에 부치고 있는 모양이지만, 만인장의 죽음을 계속 숨기기는 어려울 터였다. 며칠 내로 죽음을 공표하고 북부 원정군이 움직임을 보일 것이 분명했다.

일단 싸움이 시작되면 멈추기 어려웠다. 애당초 싸움이 일어나지 않도록 힘을 다해야 했다.

애묘는 눈을 감았다. 대장군에게 접근하는 것은 그렇게까지 어려운 일이 아니었다. 북부 원정군에 유성과 귀영신투가 잠입해 있으니 말이다.

문제는 황실이었다.

"신조가 다시 황실에 침투해야 하는 건가……."

황실 침투는 위험했다. 광룡 놈들도 아랑이 무엇을

노리고 움직일지 빤히 아는 상황이니 대승상 주변에 사람을 두지 않을 리 없었다.

"미안하다."

"됐어, 우리 아랑 오라버니 잘못도 아니니까. 신조 아끼는 마음도 다 똑같잖아?"

애묘가 장난스럽게 아랑의 귀를 어루만졌다. 다시 신조와 사정혜가 있는 방향을 돌아보았다.

"가네."

사정혜가 결국 길을 떠났다. 미련이 남는 지 몇 번인가 뒤를 돌아보긴 했지만 되돌아오진 않았다. 어디서 나타났는지 월아단이 그런 사정혜의 주위를 둘러쌌다.

사정혜가 가는 것을 지켜보던 신조가 아랑과 애묘 쪽으로 돌아섰다. 애묘는 신조에게 손짓했고, 아랑은 애묘의 어깨 위에 손을 올렸다.

"우리도 가자. 일비에게 돌아가야지."

세 사람은 중앙으로 향했다.

◐

일비라고 가만히 있던 것은 아니었다. 십비인 강 태

감을 통해 황실의 미묘한 분위기 변화를 감지하였고, 천인회 내부에서 심상치 않은 움직임이 있다는 사실 역시 포착하였다.

때문에 아랑이 설명하는 것도, 일비가 이해하는 것도 예상보다 한결 더 쉬웠다.

"그랬군요. 이제 이해가 갑니다. 이제 납득할 수 있어요."

삼 일 걸려 천하제일루에 도달한 신조 일행은 노독을 풀 여유도 없이 바로 일비와 회의를 시작했다.

아랑이 어두운 얼굴로 양 주먹을 움켜쥐었다.

"놈들이 노리는 것은 무림과 황실, 쌍방의 궤멸일 거다. 광룡이 권신을 속이고 있는 것이 아니라면 말이다."

일비는 고개를 끄덕였다. 권신을 속였는지 여부를 떠나, 그런 목적이 아니라면 일을 이렇게까지 복잡하게 처리할 필요가 없을 터였다.

이미 결론이 나온 거나 다름없는 이야기였기에 깊이 파고들 여지가 없었다. 일비는 아랑이 진짜 논하고 싶은 것이 무엇인지 간파했다.

"집중하고 싶으신 부분은 십삼조가 혈랑마존의 전인

이라는 사실이군요."

"그래. 광룡이 우릴 최우선으로 처리한 것과 연관이 있다고 본다."

아랑은 부정하지 않았다. 일비의 말마따나 그 사실이 이번 사태와 중대한 연관이 있다고 생각했다.

아랑은 일비에게 알려 주어야 할 것은 모두 알려 주었다.

십삼조가 혈랑마존의 전인이라는 것과 각자 다른 절기를 물려받았고, 그 절기를 담은 증표를 가지고 있다는 사실까지 말이다.

일비는 자신이 들은 것들을 머릿속에서 조립했다. 좀 더 구체화시키기 위해 소리 내어 말해 보았다.

"증표를 모두 모으면, 십삼조 일곱의 절기를 모두 모으면 새로운 혈랑마존이 탄생한다?"

사실이라면 실로 무서운 이야기였다.

묵묵히 듣고 있던 신조가 고개를 가로저었다.

"터무니없는 이야기다. 그런 것이 가능할 거라 생각하지 않는다. 애당초 스승님께서는 우리에게 서로의 절기를 탐하지 말라 말씀하셨다. 한 사람의 몸에 모두 담기는커녕 둘을 담는 것도 어렵다 하시면서 말이다."

"하지만 혈랑마존은 그 모든 절기를 한 몸에 담고 있었죠."

일비의 지적에 신조는 눈을 감았다. 일비는 지금 당신은 할 수 없었지만 다른 이는 할 수 있을지 모른다고 비아냥거리는 것이 아니었다.

"그래, 그래서 문제다. '가능할지도 모른다' 고 생각하는 자들이 있을 거다."

혈랑마존이란 전례가 있으니 미련을 떨치기 어려울 터였다. 그리고 그 가능성만으로도 움직이기에 충분한 이유가 되었다.

다른 누구도 아닌, 고금제일마 혈랑마존의 탄생과 연관된 이야기니 말이다.

일비가 아랑에게 물었다.

"이 이야기를 알고 있는 건 누구입니까?"

"우리 십삼조 전원. 그 외에는 아마도 추정컨대 암왕."

십삼조를 제외하면 스승과 가장 깊은 유대를 형성한 '인간' 은 암왕이었다. 또한 그녀는 십삼조의 실질적인 관리자이기도 했으니, 절기와 증표에 대해 대략적으로나마 알고 있을 것이 분명했다.

아랑은 침음을 삼켰다.

"암왕이 기록을 남겼다면, 황실 내의 인사들…… 이를테면 광룡의 용왕대주와 정보를 공유했다면 더 아는 이들이 많을지도 모른다."

"광룡, 용왕대주가 알고 있었다면 이미 그것으로 이야기가 끝나는군요. 천룡이란 자 역시 알고 있을 테고요."

"그래. 어쩌면 놈들은 우리가 놈들의 계획에 방해가 된다는 생각보다는…… 우리들이 가진 절기를 더 경계했을지도 모를 일이다."

권신은 검신과의 싸움에서 혈랑마존을 꽹장히 의식하는 모습을 보였다. 권신의 말마따나 사황오제삼신이 대물림된 이유가 후대에 돌아올 혈랑마존을 막기 위해서라면, 권신이 혈랑마존을 경계해 십삼조를 치는 일도 이상하지 않았다.

"하지만 그런 것치고는 너무 늦군요."

일비의 지적이었다.

애묘가 고개를 끄덕여 동의를 표했다.

"맞아, 너무 늦어. 암왕이 우리에 대해 제대로 안 지 수십 년도 더 지났을 게 분명하니까 말이야."

"십삼조의 스승이 혈랑마존이란 사실 역시 말입니까?"

십삼조 또한 그렇게 느끼고 있을 뿐이지 확신한 건 이번에 권신의 이야기를 듣고 난 다음이었다. 암왕도 비슷할지 몰랐다.

"글쎄, 그건 나도 확신하지 못하겠어."

"어찌 되었든 너무 늦었다는 것만은 사실이군요. 어쩌면 광룡 측에서도 최근에야 확신했을지도 모릅니다. 권신이 천마회에 협조한 것이 요 몇 년 사이의 일일지도 모르니까요."

거기서 잠시 말을 끊은 일비는 어깨를 살짝 늘어트렸다. 짐작인 것들이 너무 많았다.

일비는 확실한 것에 집중해 보기로 하였다.

"절기는 증표로 전수된다 하셨습니까?"

"그래. 오기 전에 우리 셋의 증표를 비교해 보았다. 모두 모양과 사소한 기능은 다르지만, 각자의 절기를 담고 있다는 사실만은 같다."

아랑이 답했다.

일비는 눈을 가늘게 떴다.

"뇌호와 맹저, 두 분의 증표는 광룡의 손에 들어가

있을 가능성이 높겠군요."

아랑은 가능성을 부정하지 않았다.

애묘는 분하다는 듯이 입술을 깨물었고, 신조는 눈을 감았다.

일비가 다시 물었다.

"증표를 통해 타인이 절기를 익히는 것이 가능은 한 겁니까?"

"가능은 할 거다. 청조가 이미 나와 같은 절기를 습득하고 있으니 말이다."

사실 청조의 경우엔 증표를 통해서가 아니었지만, 증표에는 절기를 잇기 위한 모든 것들이 담겨 있으니 불가능한 일도 아니었다.

애묘가 신조의 말을 이었다.

"다만, 오랜 시간이 필요할 거야. 뭔가 좀 내 입으로 하긴 뭐한 말이지만…… 암룡 내에서 재능을 인정받은 우리 십삼조조차도 각자의 절기를 익히는 데 수십 년이 걸렸어. 스승님께서 우리의 재능에 가장 어울리는 절기를 전수해 주셨는데도 불구하고 말이야. 그리고 청조도 혼자 익히라고 했으면 진도가 진짜 더뎠을걸? 신조의 절기는 이미 절기를 익힌 사람이 거들어 줘야 하는 구조 같던데 말이야. 내꺼도 좀 그런 경향이 있거든."

이미 마인들의 무공을 익힌 천마회를 세상에 선보인 광룡이었다. 십삼조의 무공이 혈랑마존의 것이라 하여 탐하지 않을 리가 없었다.

하지만 애묘의 말대로라면 당장은 크게 걱정하지 않아도 될 것 같았다. 뇌호와 맹저가 죽은 지 아직 일 년도 채 안 되었으니 말이다.

일비는 눈을 감고 숙고하였다. 누구에게랄 것 없이 말했다.

"한 가지 의문이 있습니다."

사건을 한발 물러서서 보았다. 일비 자신이 광룡의 인물이란 가정하에 생각을 이었다.

"광룡의 계획은 무림과 황실의 공멸입니다. 그 후에 새로운 나라를 세우거나 하겠죠. 하지만 그렇다면 언젠가는 돌아온다는 혈랑마존은 어떻게 막을 생각인 것일까요? 자신들만의 힘으로, 아니면 정말 무림이 없어지면 혈랑마존도 탄생하지 않을 거란 막연한 기대일까요?"

일백 년 전, 혈랑마존의 혈겁을 막지 못했다면 제는 멸망했을 터다. 고금제일마인 그는 진정한 초인이었고,

홀로 능히 나라와 맞설 수 있는 자였다.

아랑이 쯧, 하고 혀를 찼다.

"스승님을 쓰러트린 폭뢰의 용…… 어쩌면 그의 후예와 연관되어 있을지도 모르지. 아니면 우리가 모르는 다른 어떤 방안이 있든지 말이야."

이것 역시 막연했다. 정보가 부족했다.

"창룡과 요호, 두 분이 안 계신 게 참으로 안타깝군요."

일비가 아쉬움을 토로하자 애묘가 피식 웃었다.

"아예 이 소동과 멀리 떨어져 있다면 그보다 더 좋을 게 없는걸."

창룡과 요호는 살아 있는 게 분명했다.

둘은 지금 어디에 있는 것일까?

제를 떠나 새외로 나가 버린 것일까?

그랬으면 좋겠다고 애묘는 생각했다. 광룡의 계획이 모두 성공하는 최악의 경우라도 둘은 살아남을 터이니 말이다.

실없이 웃으며 그렇지 않느냐는 듯 신조를 돌아본 애묘는 고개를 갸웃 기울였다. 신조의 표정이 심상치 않았다.

"신조?"

"아니, 아무것도 아니야."

신조는 다시 일비에게 시선을 돌렸고, 애묘는 미심쩍다는 듯 고개를 다시 한 번 갸웃했지만, 잠시뿐이었다.

일비가 다시 이야기를 이끌었다.

"십비 강 태감을 통해 어떻게든 대승상과의 자리를 주선해 보겠습니다."

"그래, 이후는 내게 맡겨 다오."

신조를 황실에 잠입시키는 것도 생각해 보았지만, 아무래도 위험하다는 생각을 지울 수 없었다. 더욱이 대승상을 세 치 혀만으로 설득시켜야 하는 상황이니 아랑 자신이 나서는 것이 이치에도 맞았다.

일비가 아랑에게 물었다.

"대장군 쪽은 유성과 귀영신투에게 맡기시는 겁니까?"

"시간 문제도 있으니 그 수밖에 없겠지. 유성 녀석이라면 잘해 낼 거다."

"일비, 넌 도신을 움직여 줘. 지금 상황이면 그도 두 손 놓고 있지만은 않을 거야."

애묘가 말을 보탰다.

일비는 고개를 끄덕였다.

"이번에야말로 십비 전원을 움직일 수 있도록 노력하겠습니다."

황실과 무림이 충돌하려는 작금의 상황에서도 도신이 뒷짐 지고 물러서 있을 리가 없었다. 더욱이 사정혜가 권신과 광룡에 의해 크게 상하지 않았던가.

십삼조에게는 도신이 반드시 필요했다. 도신이 가진 천하제일살문 흑사문의 힘도 그러했지만, 광룡의 주구인 권신을 막을 초인이 필요했기 때문이다.

이야기가 얼추 정리되었다.

말을 하기보다는 듣는 쪽이었던 신조가 천천히 입을 열었다.

"짧은 시간이나마 수련을 했으면 해."

천검문에서 아수라를 막지 못했다. 권신에게 단 일초에 패하고 말았다.

"고작 며칠 가지고 갑자기 경지가 상승할 리는 없지만, 그래도 이대로 있을 수만은 없어."

불사신조는 아직 이식에 불과했다. 마지막 삼식이 남아 있었고, 가루라 역시 좀 더 발전할 여지가 있었다.

아랑이 웃으며 고개를 끄덕였다.

"그래, 누가 뭐래도 우리 십삼조의 비수는 너니까."

마지막 칼. 적의 숨통을 끊는 십삼조의 검.

일비 역시 표정을 풀고 아름다운 얼굴에 어울리는 화사한 미소를 그렸다. 십삼조의 세 사람을 돌아보며 말했다.

"주안상을 준비했습니다. 위급한 상황이라 하여 계속 긴장하고 있을 수는 없겠지요."

"일비가 뭘 좀 아는걸?"

애묘가 까르르 웃으며 말을 보태니 아랑과 신조 또한 작게나마 미소를 그렸다.

일비가 종을 울려 문밖에 신호를 보내니 청조와 홍초가 직접 주안상을 들고 방 안으로 들어섰다.

청조와 신조가 서로를 바라보았다.

◑

한 상 잘 차려 먹은 신조는 청조와 잡담을 하였다. 눈치가 빠른 청조는 천검문에서의 일을 화제로 올리지 않았다. 속으로는 궁금한 것이 이만저만이 아닐 텐데도 꼭 참고 다른 이야기만을 하였다.

홍초와 함께 요리를 한 일 같은 신변잡기와 몇 가지 요리법이 주된 화젯거리였다.

이번에도 신조는 말하기보다는 듣는 편이었다.

청조가 이야기하며 웃었고, 신조도 웃었다.

밤이 깊었다. 언제나처럼 새벽이 찾아왔다.

신조는 홀로 잠에서 깨어 침상에서 몸을 일으켜 세웠다. 신조의 품에 반쯤 매달린 상태로 잠든 청조를 깨우지 않기 위해 무척이나 조심스럽게 움직였다.

신조는 침상을 떠나기 전에 청조의 머리칼을 부드럽게 어루만졌다. 엷은 미소와 함께 방을 나섰다.

마음이 무거웠다.

광룡의 음모와 이제 곧 환란에 휩싸일 제에 대한 걱정 때문이 아니었다.

스승님.

이상한 사람이라고 생각했다. 이해할 수 없을 때가 많았다. 제정신인지 의심될 때도 적지 않았다.

하지만 그래도 스승님이었다. 십삼조라는 가족을 만들어 준 장본인이었다.

스승님. 비록 스승님 본인은 십삼조의 모두를 끝내 가족으로 인정하지 못하셨지만, 신조에게 있어 스승님은 아버지나 다름없는 존재였다.

그럼 스승님이 고금제일마이다. 무림 역사상 최강 최악의 살인마이다.

애묘와 아랑은 아무렇지 않게 넘어갔지만, 일비도 혈랑마존이라는 사실에만 시선을 두었지만, 신조는 아니었다.

괴로웠다. 모든 사실을 마음에서부터 인정한 지금도 아니었으면 하는 바람이 있었다.

스승님은 왜 그런 짓을 하셨던 것일까?

왜 그런 혈겁을 일으키셨던 것일까?

신조 자신의 무공은 혈랑마존의 무공이었다.

신조는 눈을 감았다. 정처 없는 발걸음이 멈춘 것은 천하제일루의 내원이었다. 천하제일루는 밤이 긴 만큼 아침이 늦는 법이었다. 새벽동이 틀 무렵의 내원에는 지나는 이 하나 없었다.

신조는 천천히 몸을 움직여 보았다.

불사신조는 기실 심법에 가까웠지만, 그래도 몇 가지 형을 갖추고 있었다. 가루라와 같이 말이다.

신조 자신은 더 강해져야 했다. 며칠 만에 얼마나 강해질 수 있겠느냐 스스로 말했지만, 그래도 조금이라도 더 강해져야만 했다.

적은 권신이었다.

천하제일내공을 가진 무림의 정점이었다.

광룡 대주들도 있었다.

천룡이란 미지의 존재 또한 권신 못잖을 터였다.

무공으로 적을 누르는 것.

본래라면 창룡의 역할이었다. 하지만 지금 이곳에 창룡은 없고, 신조 자신이 그 역할을 대신해야만 했다.

주어진 기간은 기껏해야 며칠 남짓.

어떻게 강해질 것인가.

방법은 사실 처음부터 정해져 있었다.

단 하나뿐인 방법이었다.

불사신조 삼식, 신조(神鳥)에 도달한다.

일식과 이식을 이루었을 때, 신조는 폭발적으로 강해졌다.

천검문에 가기 전, 오랫동안 참오했지만 단초는 떠오르지 않았다.

하지만 그래도 해법을 찾아야 했다. 이번에야말로 삼식에 도달할 수 있는 길을 찾아내야만 했다.

그렇지 않으면 이번 일을 막을 수 없었다. 아랑과 애

묘, 신조 자신과 청조를 지킬 수 없었다.

'스승님.'

불사신조는 스승님이 창안하신 무공이었다.

그래서 스승님의 입장에서 생각해 보았다. 그것이 얼마나 터무니없는 일인지 알면서도 스승님처럼 생각하기 위해 노력했다.

스승님이 만든 무공이니 스승님의 생각에 단서가 있으리라.

신조는 몸을 움직였다. 허공을 향해 일수를 내뻗었다.

애묘와 아랑은 신조와는 다른 방식으로 아침을 맞았다. 두 사람은 삼층 창틀에 하나씩 팔을 걸치고 내원을 내려다보았다.

"역시 생각보다 충격이 큰 모양이야."

"받아들여야지. 부정할 수 없는 사실이니까."

두 사람도 처음 사실을 인정했을 때는 꽤나 큰 충격을 받았었다. 나이가 아무리 많아도, 살아온 세월이 길어도 피할 수 없는 충격이었다.

아랑이 고개를 내저으며 몸을 일으켜 세웠다. 창가를

떠나려는 아랑의 손을 애묘가 붙잡았다.

"새삼스럽지만…… 몸조심해."

아랑은 이제부터 황도로 향할 예정이었다. 당금 황실은 신권이 강화된 만큼 황권에 기반하는 환관들의 힘이 약해진 상태였다. 강 태감의 영향력은 생각보다 작을 수 있었다. 그리고 어찌 되었든 황도는 광룡의 본진이 있는 땅이었다. 열 번 조심해도 부족했다.

아랑이 피식 웃었다.

"걱정해 주는 건가?"

"걱정이야 늘 했지."

아랑은 늙었고, 애묘도 늙었다.

하지만 애묘는 지난날과 조금도 달라지지 않았다. 애묘가 조금 더 아랑의 손을 잡아끌었다. 상체를 숙이게 했고, 가볍게 입 맞추었다.

"스승님이 아니었다면 아마 너였을 거야."

"신조 울겠네."

아랑이 너스레를 떨자 애묘 또한 까르르 웃었다.

"듣고 나니까 아쉽지?"

"그래, 여러모로 아쉽네. 만약 네가 나를 택했다면 지금보다 더 나은 그림이 그려져 있었을지도 모르니까."

아랑과 애묘는 다시 한 번 입을 맞추었다. 애묘가 아랑의 엉덩이를 두드렸다.

"잘하고 와."

"오라버니만 믿으렴."

애묘의 볼을 꼬집어 준 아랑은 그대로 발걸음을 뗐다. 뒤돌아보지 않고 계속 나아갔다.

애묘는 아랑이 아래층으로 내려가 더 이상 보이지 않음에도 그쪽 방향을 계속 바라보았다. 한참이나 그런 뒤에야 다시 창밖으로 시선을 돌렸다.

비는 내리지 않았다. 맑은 아침이었다.

◐

강 태감은 다섯 살 나이에 입궁한 이후 세 명의 황제를 모셨다. 황권이 약해지고 신권이 강해져 대승상이 권력의 정점에 오를 때 그는 침묵했다. 정치 싸움에 끼어드는 대신 태감으로서의 본분만을 다하였다.

대승상은 자신의 분수를 아는 그를 좋아했다. 또한 강 태감은 무능한 자가 아니었다. 그 오랜 세월 권모술수로 가득한 환관들의 틈바구니 속에서 몸을 지킨 이였다. 영리하고 유능한 이들을 아끼는 대승상에게 있어 강 태감은 흠모의 대상은 될 수 있어도 미워하고 싫어하는 적은 될 수 없었다.

아랑이 강 태감을 만난 것은 천하제일루를 떠난 지 삼 일째가 되는 날이었다. 북부 원정군이 진군을 멈춘 지 칠 주야가 다 되어 가니 황도에도 심상치 않은 이야기가 나도는 것 같았다.

마르고 키가 큰 강 태감은 피부가 희고 주름이 많지 않은 호안이었다. 황도 외곽에서 세 시진을 기다려 강 태감과 조우한 아랑은 다시 두 시진을 길바닥에서 기다린 이후에야 황도 외진 곳에 위치한 주루에 당도할 수 있었다.

전형적인 고급 주루였다. 거의 모든 시설이 일층이 아닌 이층과 삼층에 위치했고, 손님 하나하나마다 따로 객실을 대여하는 형태였다.

아랑을 삼층 가장 안쪽에 있는 방에 안내해 준 강 태감은 방에 들어가 보지도 않고 주루를 떠났다.

방은 제법 넓었다. 창문은 없었고, 곳곳에 색색의 발이 늘어져 있었다. 전체적으로 어두운 가운데 붉은 등 하나만 외로이 피어 있으니, 분위기만으로도 취할 것만 같았다.

벽이 두꺼웠다. 방 밖에서 끝없이 울리던 풍악까지 고려한다면, 방 안에서 무슨 소리가 나도 밖에서는 모를 것 같았다.

아랑은 홀로 빈 상 앞에 가 앉아 기다렸다.

천장과 옆방에서 인기척이 느껴졌다. 잘 숨어 있었지만, 아랑 또한 십삼조에서 한평생을 보낸 암부였다.

기다린 지 일각 정도가 지나자 면사 달린 모자로 얼굴을 가린 중년인 하나가 아리따운 기녀 둘을 데리고 방 안으로 들어섰다.

중년인은 대승상이었다. 좌우의 기녀는 무공을 익힌 호위였다.

자리에서 일어나 예를 표하려는 아랑을 만류한 대승상은 아랑의 반대편에 앉았다. 먼저 말문을 열었다.

"십삼조의 아랑. 내 기억하고 있는 이름이지."

괜한 말이 아니었다. 대승상은 아랑을 알고 있었다. 얼굴을 대면한 것은 처음이지만, 십삼조가 해결한 굵직한 사건들 가운데는 젊은 날의 대승상이 관련된 일도 몇 가지 있었다.

"대략적인 이야기는 강 태감에게 들었네. 사실이라

면 참으로 놀라운 일이겠지. 증거가 있나?"

대승상은 당금 제에서 가장 강력한 권력을 가진 남자
였다. 때문에 그는 언제나 주목받고 있었다. 오늘의 이
행보 또한 그러했다. 비밀리에 나선 길이긴 하지만 안
심할 수 없었다.

때문에 대승상은 시간을 아끼고자 하였다. 그리고 애
당초 이것이 대승상이 일을 처리하는 방식이기도 하였
다.

아랑은 숨을 한 번 골랐다. 지금부터가 아랑의 전장
이었다.

"물증 자체는 존재하지 않습니다."

대승상의 눈썹이 꿈틀거렸다. 당연한 반응이었다. 하
지만 아랑은 여기서 물러설 수 없었다. 어떻게든 대승
상을 설득해 내야만 했다.

그러기 위해 다시 입을 연 직후, 아랑이 한 행동은
목소리를 토하는 것이 아니었다.

아랑은 자리에서 급히 일어서며 대승상을 향해 일장
을 날렸다. 치기 위해서가 아니라 밀어내기 위해서였
다. 아랑의 움직임에 대승상의 양옆에 있던 기녀 둘이
반응하려 했지만, 아랑의 일장을 막지는 못했다. 천장

에서부터 쏟아진 검들이 제각각 기녀들의 머리와 가슴을 관통했기 때문이다.

대승상이 앉아 있던 자리에도 주인 없는 검 두 자루가 박혀 있었다. 아랑은 급히 천장을 보았다. 그러고는 다시 대승상 쪽으로 시선을 내렸다.

벽까지 밀려난 대승상이 쿨럭거리며 몸을 일으켜 세웠다. 갑작스런 아랑의 일장에 노성을 토하려던 그는 이미 죽어 시신이 된 기녀들을 본 순간 숨을 삼켰다.

그리고 아랑 또한 그러하였다. 대승상과는 다른 이유로 경악해 오른쪽 벽을 바라보았다.

사람이 죽고 있었다. 대승상의 호위들임에 분명한 무인들이 속절없이 죽어 갔다.

함정이었다. 강 태감이 꾸민 일인지, 아니면 광룡이 이번 만남 자체를 파악하고 벌인 일인지는 알 수 없었지만, 지금 아랑 자신과 대승상은 적진에 고립된 것이나 마찬가지였다.

대승상은 아랑처럼 옆방에서 일어나는 일을 감지하진 못했다. 하지만 적어도 눈앞에서 일어난 일은 바로 이해했다. 아랑이 자신을 해한 것이 아니라 오히려 구했음을 인지한 대승상은 다급히 말했다.

"이 주루 전체에 호위들이 있네! 이 방을 나서……."

말을 끝맺지 못했다. 한차례 굉음과 함께 오른편 벽이 무너졌고, 그 순간 날아든 비검이 대승상의 목을 꿰뚫었다.

대승상은 즉사하지 않았다. 하지만 얼마 남지 않은 목숨이었다. 꿈틀거리며 삶의 의지를 불태웠지만, 아무 소용 없는 일이었다.

아랑은 마른침을 삼켰다. 벽을 부수고 나타난 이는 아랑이 알고 있는 이였다.

"용왕대주."

방 안은 여전히 어두웠다. 하지만 용왕대주가 엷은 미소를 그리고 있다는 사실만은 쉬이 알 수 있었다.

아랑은 기감을 퍼트렸다. 신조가 애용하는 것과는 다른 형식의, 다른 능력을 갖춘 기의 망이었다.

아랑은 정보를 읽었다. 그리고 깨달았다. 주루 안에 있던 대승상의 호위는 모두 죽었다. 아무것도 모르는 주루의 사용인들 역시 마찬가지였다. 살아 있는 것은 용왕대주와 광룡, 암룡의 무인들뿐이었다.

전후좌우뿐만 아니라 위아래까지 모두 막힌 상황이었다.

아랑은 죽음을 생각했다. 그랬기에 오히려 쓰게나마 웃을 수 있었다.

"어떻게 된 거지?"

어느 정도의 위험은 예상했다. 하지만 이렇게 속절없이 당하게 될 거라고는 생각하지 못했다.

용왕대주는 아랑이 딱하다는 듯 고개를 살짝 내저으며 말했다.

"사람이 하는 일이다. 완전한 비밀은 있을 수 없지. 대승상은 충분히 많은 호위를 준비했지만, 우리는 그보다 더 강한 것을 준비했을 뿐이다."

아랑은 이를 악물었다. 누구를 탓할 수 없었다. 조급함에 빠져 위험을 충분히 점검하지 못한 아랑 스스로의 잘못이었다.

용왕대주는 그런 아랑을 비난하지 않았다. 용왕대주 자신이 아랑의 입장에 있었더라도 결국 똑같이 행동했을 거라 생각했기 때문이다. 다른 누구도 아닌 대승상이지 않은가. 그 위세와 능력을 신뢰한 것은 흠이 되지 못했다.

대승상은 죽었다. 일인지하 만인지상의 자리에 올라 제 전체를 좌지우지하던 자의 죽음치고는 참으로 초라

하였다.

용왕대주가 미소 지었다.

"대승상의 죽음보다 더 큰 명분이 어디 있을까? 그렇지 않던가, 아랑?"

아랑은 눈을 감았다. 용왕대주의 말대로였다. 이제 모두 끝났다. 놈들은 대승상의 죽음을 무림인의 소행으로 꾸밀 터였고, 황실과 무림의 충돌은 피할 수 없었다.

하지만 아랑은 모든 것을 포기하는 대신 다시금 눈을 떴다. 두 주먹을 움켜쥐었다.

"쉽지는 않을 거다."

곱게 죽어 줄 생각은 없었다. 적어도 용왕대주와의 동귀어진만은 이룰 셈이었다. 십삼조 가운데 가장 약하다 평가받는 아랑이었지만, 그렇다 할지라도 숨겨 둔 한 수가 있었다.

용왕대주는 그런 아랑을 피하듯 한 발 뒤로 물러섰다. 고개를 가로저었다.

"내가 아니다."

너를 상대하는 것은, 네 목숨을 취하는 것은…….

발소리가 들렸다. 아니, 다가옴 그 자체가 느껴졌다.

아랑은 문 쪽을 보았다. 다시 한 번 기감을 펼쳤다.
그리고 그 자리에 얼어붙었다.

거대한 존재감.

독보적인 존재의 힘.

하지만 아랑이 얼어붙은 것은 그 힘에 짓눌렸기 때문
이 아니었다. 그 힘을 두려워해서도 아니었다.

문이 열렸다.

젊은 사내였다. 머리칼은 희고 눈은 붉었다.

아랑은 놀라지 않았다. 눈앞의 현실을 부정하지 않았
다.

"역시, 그랬구나."

그저 담담히 인정했다. 이미 몇 번이나 떠올렸음에도
불구하고 그 가능성 자체를 부정했던 사실을 마음으로
받아들였다.

"창룡 형."

"아랑."

십여 년 만의 재회였다. 창룡은 예전에 봤을 때보다
오히려 젊어져 있었다. 신조처럼 반로환동이라도 했는
지 이십 대 후반으로밖에 보이지 않았다.

아랑은 웃었다. 누가 봐도 억지웃음이었다. 어깨를

늘어트리며 물었다.

"형이 천룡이야?"

"그래, 내가 천룡이다."

속거나 이용당한 것이 아니었다. 창룡이 천룡이었다. 광룡의 주인이며, 모든 일의 주체였다.

짐작했다. 가능성은 분명 있었다.

'절대'를 논했던 암왕.

십삼조 외에 아는 이가 있을지 의문인 증표의 존재.

다른 십삼조와 달리 창룡과 요호에 대해서는 집착을 보이지 않은 광룡.

마음으로 받아들이지 않았지만, 머릿속에서나마 그려 보았던 그림이었다. 그렇기에 침착함을 가장할 수 있었다. 분노와 슬픔에 휩쓸려 비명을 지르지 않았다. 하지만 그렇다 해서 흐르는 눈물까지 막을 수 있는 것은 아니었다.

창룡은 늙고 주름진 동생의 얼굴을 보았다. 오랜 옛날, 스승님 밑에서 함께 수련을 하던 시절이 떠올랐다. 아랑은 옛날부터 눈물이 많은 아이였다.

아랑.

너와 뇌호의 차이점이다.

뇌호라면 내가 천룡일지 모른다는 가능성을 부정하지 않았을 거다. 아무리 믿기 어려운 가정이라 할지라도, 가슴 아픈 일이라 할지라도 가능성 자체를 부정하는 우를 범하지는 않았을 거다.

너는 그러지 못했다. 그래서 지금 이 자리에 나와 마주하고 있는 것이다.

창룡은 서글프게 웃었다. 눈물은 보이지 않았다.

"너는 나를 용서할 수 없겠지."

"그래, 맞아. 형이 뇌호 형과 맹저를 죽였으니까. 난 형을 용서할 수 없어."

뇌호를 죽인 순간, 이미 결정된 일이었다. 창룡 자신을 막아설 가장 큰 적을 친 그 순간, 이미 예견된 미래였다.

아랑은 눈물을 닦지 않았다. 창룡이 어째서 이 모든 일들을 꾸몄는지도 묻지 않았다.

"요호 누나는?"

그것을 물었다.

창룡은 참으로 아랑답다고 생각했다. 그래서 순순히 답해 주었다.

"살아 있다. 그리고 앞으로도 계속 살아갈 것이다."

아랑은 고개를 끄덕였다. 요호는 창룡을 용서했을 테니까. 창룡이 무슨 짓을 저지르더라도, 설사 십삼조 모두를 참살하더라도 끝내 창룡을 미워하지 못할 테니까.

그러니 창룡은 요호를 죽이지 않는다. 요호만은 죽일 수 없다.

그것으로 되었다. 그것으로 충분했다.

아랑은 더 이상 지체하지 않고 진각을 밟았다. 창룡에게 돌진했다.

창룡이 오른손을 내뻗었다. 순백의 뇌기가 창룡의 오른손에서부터 일어 일직선으로 뻗어 나갔다. 번개는 하늘의 힘이니, 인력으로 감히 맞설 수 없는 것이었다. 하지만 아랑은 멈추지 않았다. 두 팔을 앞으로 내뻗었다.

집어삼켜라, 탐욕!
탐랑(貪狼)!

아랑의 절기였다. 세상에 존재하는 모든 힘을 흡수하는 이능(異能). 설사 강기라 할지라도 탐랑을 벗어날 수는 없었다.

창룡의 뇌기가 아랑의 양손에 흡수되었다. 아랑은 괴성을 토하며 흡수한 힘을 역으로 토해 냈다.

콰가가가강—!

뇌격이 창룡을 뒤덮었다. 주변 일대가 충격을 견디지 못하고 부서지고 파괴되었다.

아랑은 숨을 헐떡였다. 스스로 방출한 뇌기를 견뎌 내지 못한 양팔이 피투성이였다.

창룡은 처음 그 자리에 그대로 서 있었다. 뇌격을 정면에서 뒤집어썼음에도 불구하고 조금도 상하지 않은 모습이었다.

창룡이 발걸음을 내딛었다. 아랑은 넝마가 된 양팔을 다시 한 번 들어 올렸다.

소용없는 저항이었다. 결말이 빤한, 그저 발악이라 불러야 할 몸부림이었다.

하지만 창룡은 아랑을 비웃지 않았다.

아랑은 마지막까지 포기하지 않았다.

두 사람이 교차했다. 몇 번의 공방이 오갔다.

아랑의 절기 탐랑은 분명 굉장하다는 말로도 표현 못할 이능이었지만, 한계 또한 명확했다. 창룡은 강기를 쓰지 않고 철저히 권각만으로 아랑을 상대했다.

방어를 버리고 오로지 공격에만 매달렸음에도 불구하고 아랑은 창룡을 상하게 할 수 없었다. 오히려 공격하는 자신이 점점 더 지쳐 갈 뿐이었다.

발악.

창룡은 눈을 감았다. 일권을 내뻗어 아랑의 저항에 종지부를 찍어 주었다.

아랑이 창룡의 품에 무너져 내렸다.

아랑은 가슴을 당했다. 숨을 제대로 쉬지 못했고, 의식이 멀어져 갔다.

창룡은 아랑을 밀어내지 않았다. 아랑이 흘린 피가 몸을 더럽힘에도 오히려 아랑을 꼭 끌어안았다.

"먼저 가 있으렴."

나직이 속삭이며 창룡이 아랑의 머리를 어루만졌다. 그리고 그것으로 끝이었다. 아랑은 창룡의 품에서 숨을 거두었다.

창룡은 아랑을 끌어안은 채로 한동안 움직이지 않았다. 침묵 속에 마지막 온기를 나누었다.

제34막
각인

이전에 아군이나 친구였다 할지라도 적이 된 순간 미련을 버려야 해. 그렇지 않으면 결국 네가 죽을 뿐이다. 신조, 내 말을 명심하렴.

— 뇌호

아랑은 이번 임무의 위험성을 이해하고 있었다. 때문에 스승님께 물려받은 증표를 수십 년 만에 처음으로 품에서 떼어 이 세상에서 가장 믿을 수 있는 사람에게 맡겼다.

때문에 아랑의 죽음은 즉각 전해졌다. 참을 수 없는 불길함 때문에 아랑의 증표를 손에서 놓지 않던 애묘는 보석이 빛을 잃는 그 순간을 목도했다.

애묘는 처음에 믿지 못했다. 몇 번이나 눈을 깜박이여 증표의 보석을 다시 보았다.

하지만 변하지 않았다. 북두칠성 가운데 네 번째 보석이 빛을 잃었다.

애묘는 울부짖었다. 현실을 부정했다. 믿지 않으려 했다.

하지만 끝내는 인정할 수밖에 없었다. 제자리에 무너지듯 쓰러져 증표를 끌어안고 통곡했다. 눈물을 멈추지 못했다.

아랑.

아랑.

아랑.

신조는 청조와 담소를 즐기고 있었다. 가벼운 먹을거리를 가져온 청조와 달콤한 입맞춤도 즐겼다. 그래서 몰랐다. 아랑의 죽음도, 애묘의 통곡도…… 신조는 아무것도 알지 못했다.

창룡은 아랑의 시신을 광룡 본부에 마련한 땅에 묻었다. 뇌호와 머리 없는 맹저의 시신이 묻힌 곳 옆자리였다.

무덤은 모두 일곱 개였다. 그중 셋이 주인을 찾았고, 넷은 아직 비어 있었다.

아랑을 묻고 마지막 흙을 덮어 주는 그 순간에도 창룡은 눈물을 보이지 않았다. 후회도 하지 않았다.

아직 애묘와 신조가 남았다. 아랑의 증표는 발견되지 않았다. 혈랑마존의 맥은 여전히 이어지고 있었다.

창룡은 뒤돌아섰다. 용왕대주와 암왕이 서 있었다.

암왕은 노여움에 몸을 떨었다. 검은 면사 너머에서 독기 품은 말을 토했다.

"결국 아랑을 죽였구나. 네 손으로 직접 말이다."

명령에 그치지 않고 스스로의 손으로 죽였다. 혈육이나 다름없는 아이를 직접 죽였다.

창룡은 무표정했다. 아니, 오히려 엷은 미소를 그렸다.

"대승상은 죽었소. 어린 황제는 겁에 질리겠지. 백관들도 마찬가지일 테고 말이오. 이제 전쟁이 시작될 거요."

전쟁은 두 진영이 벌이는 것이었다. 합리를 떠나, 전쟁을 할 수밖에 없는 상황을 만들면 되는 일이었다.

대승상'조차' 죽었다. 이 사실이 황실에 어떤 공포를 야기할지는 불을 보듯 빤하였다.

혈랑마존의 혈겁 때와 같은 공포가 다시 한 번 황실을 뒤덮을 것이다. 하지만 그때와 다른 것이 하나 있었다.

당금 무림은 혈랑마존만큼 강하지 않았다.

매우 중요한 차이였다. 황실은 혈랑마존 때처럼 황도에 틀어박혀 벌벌 떠는 대신 군사를 파견하리라. 전력을 다해 무림을 박살 내리라.

무림은 당연히 저항할 터였다. 천인회라는 집결된 힘까지 있으니 나름 해 볼 만한 싸움이 될 터였다.

암왕도 알았다. 그리고 이제는 무슨 말을 해도 창룡을 막을 수 없다는 사실 또한 알았다. 하지만 소용없음을 알면서도 말하였다.

"많은 사람들이 죽을 거다."

창룡은 헛웃음을 터트렸다. 너무나 힘이 없는 말이었다. 이미 많은 사람을 죽음으로 몰고 갔고, 뇌호와 아랑, 맹저마저 죽인 창룡에게는 아무런 소용도 없는 말이었다.

"무림은 사라져야 하오. 이 썩어 빠진 황실 또한 새로워질 때가 되었지."

창룡은 냉소했다.

암왕은 그런 창룡을 노려보았다.

"모두 다 허울에 불과해. 갖가지 이유를 붙여 스스로를 합리화하지 마라. 넌 그저 황제가 되고 싶을 뿐이야!"

신랄한 독설이었다. 하지만 창룡은 이번에도 웃었다. 암왕과 마주한 이래 처음으로 노여움을 보였다.

"그럴지도 모르지, 그럴지도 몰라. 빼앗긴 것을 되찾고 싶어 하는 것뿐일지도 모르지."

빼앗긴 것.

창룡이 태어날 때부터 지니고 있었으나 박탈당한 것.

"사실 역모라 하는 것도 우습지 않소? 정당한 권리를 되찾으려는 것뿐인데 말이오."

창룡은 황실의 자손이었다. 본래라면 황제가 되었을 아이였다. 일비와 다르지 않았다. 그 아이와 마찬가지로 선대의 권력 싸움에 희생된 아이일 뿐이었다.

창룡을 살린 것은 암왕이었다. 그리고 암왕이 살린

것은 창룡 하나뿐이 아니었다.

"너도 똑같아. 썩어 빠졌다고 말하는 황실과, 네 아버지를 죽이고 널 죽음으로 내몰려 했던 무리들과 조금도 다르지 않단 말이다! 뇌호를! 뇌호, 그 아이를 죽인 그 순간부터 조금도 다르지 않아!"

창룡의 얼굴에 노여움이 번졌다. 그가 벼락같이 외쳤다.

"뇌호! 그래, 뇌호! 우리가 진짜 형제였을 줄 누가 알았겠소! 우리가 십삼조에서 다시 만나게 될 줄 누가 알았단 말이오!"

뇌호 또한 황실의 핏줄이었다. 같은 부모를 둔 창룡의 아우였다.

창룡은 그러한 사실을 모두 다 알았다.

자신이 황실의 자손이라는 것도, 부당하게 권리를 빼앗기고 암룡에 몸을 의탁해야만 했던 과거도, 뇌호가 자신의 친동생이라는 사실까지 모두.

창룡은 뇌호를 죽였다.

암왕은 어깨를 늘어트렸다. 논리로 창룡을 설복하는 것은 불가능함을 다시 한 번 인지했다.

이미 맹저에 이어 아랑까지 죽였다. 혈육이나 다름없

는 십삼조를 죽였거늘, 진짜 혈육을 죽인 것이 무에 그리 다른 일이 된단 말인가.

"요호는 어디 있는 것이냐? 요호도 뇌호와 맹저의, 아랑의 죽음을 아는 것이냐?"

암왕의 목소리엔 힘이 없었다. 독기 대신 슬픔과 안타까움만이 가득하였다.

창룡은 숨을 삼켰다. 암왕에게 더한 독설을 퍼부으려는 자신을 저지했다.

암왕.

애묘와 마찬가지로 혈랑마존이라는 괴물을 사랑하고만 여인. 암룡의 수장인 동시에 십삼조의 어머니이고자 했던 자.

감정을 가라앉힌 창룡이 차갑게 말했다.

"말해 주지 않겠소, 당신까지 죽이고 싶지는 않으니까 말이오."

창룡은 다시 돌아서서 십삼조의 묘를 바라보았다. 용왕대주는 무력하기 짝이 없는 암왕을 끌고 묘를 떠났다.

창룡이 하늘을 보았다. 비는 더 이상 내리지 않았다.

대승상의 죽음이 황도 전체를 뒤흔들었다. 황제와 백관들은 깊은 충격에서 헤어 나오지 못했다.

대승상을 죽인 것은 무림 고수가 분명했다. 대승상과 호위인 황실 고수 수십 명을 한 번에 몰살시킨 초절정 고수.

비보는 연달아 이어졌다. 북부 원정군의 천인장 둘과 만인장 하나의 죽음이 공표되었다. 범인은 이번에도 무림 고수로 추정되었다.

무림 쪽에서도 비보가 터졌다.

천하제일검.

검신이 암살당했다. 천검문은 범인에 대한 추측을 발표하지 않았지만, 천인회는 달랐다. 검신 암살은 천마회의 짓이 분명하다 부르짖었고, 천마회가 황실의 주구라는 사실을 세상에 공표했다.

연달아 이어진 사태에 제 전역이 혼란에 빠져들었다.

무림인들은 검신의 죽음과 천마회의 전횡에 격노하였다.

황실은 무림인들의 역모를 가만히 두고 보지 않았다.

북부 원정군이 진로를 바꾸었다. 남쪽으로 향하는 대신 무림 문파들을 공격하기 위해 새로운 진로를 잡았다.

황실이 관군을 집결시켰다. 제의 수십만 대군 모두를 동원할 기세였다.

무림인들은 정파구주와 사파칠주를 중심으로 뭉쳤다. 천인회가 무림 전체의 사령부 역할을 수행하였다.

전면전은 없었지만 각지에서 소소한 전투가 이어졌다.

무림과 황실.

전쟁이 시작되었다.

◐

선제공격을 가한 것은 황실이었다.

각지에 주둔하고 있던 관군들이 무림 문파들을 포위했다. 천마회의 난으로 인해 중소 문파들 대부분이 봉문하거나 해산한 상황이었기에 주된 공격 목표는 정파구주나 사파칠주와 같은 거대 문파들이었다.

관군은 선불리 무림 문파와 충돌하지 않았다. 포위망을 굳히고 추가 병력이 오기를 기다렸다. 동시에 길을 끊고 통행을 통제해 무림의 힘이 집결하는 것을 막았다.

당금 제의 무림인의 수는 어림잡아도 수만을 헤아릴

터였다. 하지만 이들은 전국 각지에 흩어져 있으니 하나하나만 놓고 보면 기껏해야 수백, 수천에 불과하였다.

관군으로 그들을 묶고 각개 격파한다. 주동 세력인 천인회를 무너트려 와해시킨다.

이것이 대장군의 전략이었다.

가장 합리적인 선택.

하지만 그 합리가 문제되었다. 너무나 이성적으로 올바른 대처였기에 무림 역시 대장군의 전략을 쉬이 읽어낼 수 있었다. 그리고 관군의 무림 문파 포위는 싸움을 주저하던 무림인들의 마음에 주전의 불씨를 일으켰다.

무림은 속전속결을 노렸다. 시간을 끌면 끌수록 불리한 것은 무림이었다. 국경에 나가 있는 제의 정병들이 참전하는 순간, 무림은 수적 열세를 뒤집을 방도가 없었다.

무림인들이 내세운 방법은 암살이었다. 경공이 뛰어난 고수들을 투입해 포위망을 구축하거나 길을 막고 있는 관군들의 지휘관들을 살해했다.

피가 피를 불렀다. 곳곳에서 무림인들과 관군이 충돌했다.

대승상의 죽음으로부터 보름.

내전은 격화일로를 거듭하였다.

제는 크게 다섯 개의 지역으로 나눌 수 있었다.

황도가 위치한 중앙과 동서남북 사방위에 위치한 네 개의 땅.

이 가운데 황실이 확실한 우위를 점한 곳은 중앙이었다. 무림은 애당초 천인회가 집결해 있던 서쪽 땅에서 착실히 세를 불렸다.

천마회 사태로 큰 피해를 입은 비사문과 녹림, 천검문은 천인회의 준동에 참가하지 않았다. 처음부터 천인회와 뜻을 달리했던 일월문 또한 마찬가지였다.

하지만 이들 네 문파의 빈자리는 그다지 크지 않았다. 애당초 광룡과 권신은 천인회의 반란에 저들 네 문파는 필요 없다고 여겼다. 천마회의 공격 목표로 삼은 것도 그 때문이었다.

대장군이 이끄는 북부 원정군은 중앙으로 향했다. 북부 땅을 정벌하는 대신 천인회의 주력이 황도를 공격하는 것을 막기 위해서였다.

민중들은 섣불리 어느 한쪽의 편을 들지 않았다. 천

인회의 선동에 민란을 일으키는 지역도 없지 않았지만, 대다수는 침묵을 선택하였다. 무림과 황실, 두 고래의 싸움에 끼어 목숨을 잃고 싶지 않았기 때문이다.

무림은 민중을 적으로 돌릴 수 없었기에 그런 민중들에게 위해를 가하지 않았다. 황실은 무림의 편을 들지 않는다는 사실 하나만으로도 만족했기에 민중들을 몰아붙이지 않았다.

일비는 천하제일루의 문을 닫고 근방에 준비해 둔 안전가옥에 은거하였다. 십비 강 태감과의 연락은 끊어졌다. 황도에 세작을 넣을 수 없어 확신할 순 없지만, 아마도 광룡에게 제거당한 것 같았다.

일비는 이비 흑사문주 도신 사주헌과의 연락을 기다렸다. 귀환할 유성과 귀영신투를 맞이할 준비도 갖추었다.

남은 십비들과도 부지런히 연락을 주고받았다. 어떻게든 많은 정보를 끌어모으기 위한 노력의 일환이었다.

애묘는 달라졌다. 아랑의 죽음이 그녀를 무너트렸다. 뇌호와 맹저의 죽음을 알았을 때도 언제나와 같이 당당했던 그녀도 이번에는 견디지 못했다. 급히 만든 아랑의 위패 앞에 멍하니 앉아 눈물만 흘렸다.

청조도, 홍초도 그런 애묘에게는 섣불리 말을 붙이지 못했다. 신조도 애묘에게 말을 걸진 않았다. 그저 옆에 나란히 앉아 함께 십삼조의 위패를 보았다.

위패는 모두 셋이었다.

뇌호와 아랑, 맹저.

벌써 십삼조의 절반 가까이가 목숨을 잃었다.

아랑을 죽인 것은 누구일까?

용왕대주나 천룡이 나선 것일까?

신조는 깊은 피로를 느꼈다. 눈앞이 깜깜했다. 아랑의 죽음은 신조에게 있어서도 큰 충격이었다.

아랑.

언제나 밝게 웃던 형.

아무리 힘들 때도 웃으며 방법을 모색했던 십삼조의 기둥.

애묘가 어느 순간 입을 열었다. 마르고 갈라진 목소리였다.

"우린 이제 어떻게 해야 하지? 우리 둘이서 뭘 할 수 있지? 응? 신조?"

창룡과 요호는 행방불명이었다. 늘 나아갈 길을 제시해 주던 뇌호와 아랑은 죽었다. 맹저 또한 함께하지 않았다.

둘만 남았다. 신조 자신과 애묘, 둘뿐이었다.

신조는 손을 뻗어 애묘를 끌어안았다. 어미 품에 파고드는 어린아이같이 변한 애묘를 보듬었다.

"처음과 조금도 달라지지 않았어."

애묘를 쉬게 하는 것이 옳을지 몰랐다. 애묘라도 새외로 내보내 살길을 모색하는 것이 최선이란 생각도 들었다.

하지만 그렇게 말하지 않았다. 애묘 혼자 새외로 나가라는 것은 무의미했다. 살아도 사는 것이 아닐 터였다. 함께 도망치는 것 또한 차마 선택할 수 없었다.

그래서 신조는 말했다. 애묘를 안은 두 팔에 힘을 주었다.

"광룡을 멸하는 거야."

십삼조의 원수를 갚는다. 천룡을 쓰러트려 세상을 뒤엎으려는 놈들의 야망을 분쇄한다.

애묘는 눈을 감았다. 신조의 말에 긍정도, 부정도 하지 않았다.

신조는 그런 애묘를 재촉하지 않았다. 그저 애묘를 끌어안고 위패를 바라보았다.

어찌하면 이길 수 있을 것인가.

어찌하면 지금보다 더 강해질 수 있을 것인가.

신조는 눈을 감았다.

◉

유성과 귀영신투가 돌아왔다. 유성은 내상을 좀 당한 듯해도 사지가 멀쩡했지만, 귀영신투는 그렇지 못했다. 팔 한쪽이 어깨까지 깨끗이 잘려 나가 있었다.

"운이 나빴다."

좁은 방 안에 신조와 애묘, 유성과 동그랗게 마주 앉은 귀영신투가 대수롭지 않다는 듯 말했지만, 억지 연기일 뿐이었다.

노인이라 하여 어찌 수족에 미련이 없겠는가. 더욱이 귀영신투를 신투로 만들어 준 것은 빠른 두 발만이 아니었다. 쾌검을 구사하는 검객들보다도 빠르다 자신할 수 있는 손.

경공을 제대로 익히기 전에는 오히려 손에 대한 의존도가 더 높았다. 귀영신투도 시작은 소투였으니 말이다.

그래서 더 아쉬움이 컸다. 평생을 함께한 동반자를 잃은 기분이었다.

신조는 귀영신투의 마음을 이해했다. 지금은 더욱 그럴 수밖에 없었다.

"백룡이란 놈에게 당했다."

귀영신투가 생각하는 것만으로도 진절머리가 난다는 듯 머리를 내저었다.

유성이 말을 덧붙였다.

"대장군에게 접근조차 할 수 없었습니다. 빤히 보이는 상황이긴 했지만…… 저와 귀영신투 어르신이 접근할 거란 걸 진즉부터 알고 대처하고 있더군요."

유성은 이어서 대장군의 호위 상태와 주변에 매복해 있던 암룡 암부들에 대해 설명했다. 추가적인 설명을 들어 보니 유성과 귀영신투가 대장군에게 접근하지 못한 것도 이해가 갔다.

"하기야, 빤하긴 했지."

십삼조가 어떻게 움직일지 삼척동자도 예측할 수 있는 상황이었으니 말이다. 그럼에도 불구하고 일을 진행할 수밖에 없었으니 이 또한 안타까운 일이었다.

신조가 물었다.

"대장군의 상태는 어떻지?"

"마지막으로 보았을 때는 멀쩡해 보였습니다. 적어도 자신의 의지로 전략을 구사하고 있음은 분명합니다."

신조는 대장군이 현 상황을 어디까지 알고 있는지가 중요하다고 보았다. 만약 광룡에 이용당하고만 있는 입장이라면 추후 이용 가치가 있을 것이 분명했다.

"그래, 수고했다."

"예. 그런데 스승님은……."

유성이 주변을 둘러보며 말끝을 흐렸다. 당연히 나와 있을 거라 생각한 아랑의 모습이 보이지 않았기 때문이다.

"혹여 황실에 가 계십니까?"

유성 자신과 귀영신투가 대장군과 접선을 시도했으니 대승상과도 접선을 시도하는 사람이 있을 공산이 컸다. 그리고 그런 일이라면 역시 아랑이 적임자였다.

신조는 대답하는 대신 고개를 가로저었다.

이제껏 신조의 옆에서 침묵을 지키던 애묘가 유성에게 다가섰다. 품에서 아랑의 증표를 꺼내 유성에게 내밀었다.

"네가 이어받아야 해."

유성은 애묘에게서 증표를 받아 들었다. 무엇인지 알고 받아 든다기보다는, 얼결에 받아 드는 것 같았다.

북두칠성 모양으로 보석이 배치된 노리개.

이어받은 가르침과 무언가 연관이 있던 것일까?

유성은 고개를 번쩍 들어 신조와 애묘를 번갈아 보았다. 지금 손에 쥔 노리개가 무엇인지, 그리고 이것이 자신의 손에 들어왔다는 것이 무엇을 의미하는지 깨달았기 때문이다.

애묘가 말없이 유성의 손을 잡아끌었다. 아랑의 위패가 있는 장소로 안내했다.

그렇게 유성과 애묘가 퇴장하니 이제 방 안에는 신조와 귀영신투만이 남았다.

귀영신투도 눈치가 없는 사람이 아니었다. 아랑에게 어떤 변고가 생겼는지 말해 주지 않아도 알았다. 귀영신투가 푸념처럼 말했다.

"완전히 망조 났군. 무림이랑 황실이 전쟁을 벌이고 있어. 이제 곧 대규모 회전 같은 것도 벌어지겠지. 누가 이기든 세상이 시산혈해가 될 거야."

내전.

결코 쉬이 끝날 리가 없었다. 전쟁을 지속시켜 양측의 힘을 모두 깎아먹으려는 광룡이 존재하니 상호 섬멸전에 가까운 양상이 펼쳐지리라.

귀영신투는 그런 싸움의 현장에, 세상에 있고 싶지 않았다.

"난 도망칠 거다."

귀영신투는 신조를 보지 않았다. 방바닥을 보며 말을 이었다.

"이 나이 먹고서, 거기다 팔병신까지 돼서 전쟁터에 껴 봐야 얼마나 공을 세우겠나. 그냥 여생이나마 잘 보존하는 게 최선이지. 팔까지 내주었으니 십비로서 암왕에 대한 의리도 다했다고 생각해."

귀영신투가 고개를 들었다. 신조와 얼굴을 마주했다.

신조는 노여워하거나 안타까워하지 않았다. 귀영신투가 그런 신조의 손을 잡았다.

"광룡에는 가지 않아. 걱정하지 말게."

신조는 눈을 감았다. 고개를 끄덕였다. 보내 주는 것이 맞았다.

"잘 가게."

"그래, 너무 무리하지 말고. 자넨 혼자가 아니잖아."

청조가 있고 애묘가 있었다. 죽어도 그만이라며 함부로 목숨을 내던져서는 안 될 몸이었다.

"일비 얼굴은 한 번 보고 가야겠지. 아무튼 이걸로 작별일세."

귀영신투는 일어서서 방을 나섰다. 함께한 시간은 얼마 되지 않았지만, 귀영신투가 처음 했던 말 대로 비슷한 연배끼리 우정이라도 쌓였던 모양인지 아쉬움이 가슴을 헤집었다.

앞으로 일어날 전쟁.

무엇을 할 수 있을까?

무엇을 해낼 수 있을까?

애묘에게는 광룡을 처단하자 말했지만, 가능한 것일까?

그야말로 계란으로 바위 치는 격인 것은 아닐까?

"계란으로 바위 치기라……."

문득 사정혜가 떠나기 전에 한 말이 생각났다.

자기가 돌아오기 전에 허튼짓하지 말라고, 계란으로 바위 쳐서 박살이 나면 가만두지 않겠다고.

신조는 머릿속에서 십비를 지웠다. 유성과 애묘, 도철 역시 지웠다.

청조와 홍초, 도황 또한 생각하지 않았다.

오로지 신조 자신 하나.

그 하나로 할 수 있는 것.

"가장 잘하는 것을 하면 돼."

신조는 소리 내어 말했다. 스승님의 목소리가 귀에 들리는 것 같았다.

"내가 너에게 가르친 것은 사람을 죽이는 법이다."

검강을 내지르는 고수든, 이제 처음 검을 잡은 아이든 결국에는 똑같다.

가슴에 검이 꽂히면 죽는다.

무공으로 접근하지 마라. 내공 싸움을 해야 한다고도 생각하지 마라.

상대가 무공이 더 강하다면 무공으로 싸우지 마라.

상대가 내공이 더 강하다면 내공으로 맞서지 마라.

"가장 잘하는 것."

신조는 이해했다.

"상책은 속전속결입니다."

천인회의 총군사 자리를 맡은 것은 기주신산 청월패였다. 그의 사문인 천지문은 무학이 아닌, 군학을 갈고 닦는 곳이었다. 자연히 군무에 나가는 이들이 많았는데, 청월패는 당대 천지문의 문하 가운데 으뜸가는 재주를 가졌다고 불리나 군무에는 나서지 않은 자였다.

관군에는 천지문 출신이 많아 청월패가 천인회의 총군사 자리에 오르는 것을 달갑지 않게 여기는 이들도 적지 않았지만, 천인회의 회주인 권신의 뜻이 워낙 확고했기에 인사에 변동은 없었다.

천인회는 서쪽 땅을 빠르게 제압해 나갔다. 지금 회의를 진행하는 곳도 본래는 서쪽 땅 전체를 관장하는 관부의 회의실이었다.

키가 작고 깡말랐지만 얼굴이 희고 눈매가 매서운 청월패는 새카만 갑주를 갖춰 입은 상태였다.

벽에 걸린 제의 전도를 가리키며 청월패가 말을 이었다.

"싸움을 길게 끌면 변경의 군사들이 중앙군에 합류할 터, 그렇게 되면 수적 열세를 뒤집기가 어렵습니다.

최대한 빨리 황실을 쳐서 황제를 제압해 황도와 중앙의 패권을 잡아야 합니다. 이후 변경 지대의 장수들이 난을 일으킬 공산이 높습니다만, 이는 차후의 문제겠지요."

제는 너무 넓었다. 때문에 제의 군사가 수십만을 헤아린다 하나 대부분의 병력이 분산되어 있었다. 이 병력이 집결하는 데도 상당한 시간이 필요할 터이니, 이는 무림연합에게 있어 호재라 할 수 있었다.

하지만 분산된 것은 무림연합 또한 마찬가지였다. 각지의 정파구주와 사파칠주가 아직까지는 무림연합에 적극적인 참여를 보이지 않는 것 또한 문제였다.

천마회를 치기 위해 모인 천인회와 서쪽 땅에서 이번 '혁명'에 찬동한 무인들이 동원할 수 있는 병력의 전부였다.

그 수는 약 삼천. 전원이 무인이니 결코 적지 않은 수였지만, 상대해야 할 관군이 워낙에 많다 보니 걱정이 되지 않을 수 없었다.

권신이 지도 북부를 눈짓으로 가리키며 말했다.

"북부 원정군의 진로가 가장 중요하겠구려."

북부 원정군은 현재 북진을 멈추고 중앙으로 다시 남

하하고 있었다.

청월패가 고개를 끄덕였다.

"북부 원정군을 내버려 둔 채로 일을 도모할 수는 없습니다. 배후를 당할 위험이 있으니까요. 최소한 북부 원정군의 발을 묶어 두거나 와해시킬 수단이 필요합니다."

청월패는 수단이란 단어에 유독 힘을 주었다. 정사의 고수들이 모인 회의실 안에서 사파 쪽 인사들이 낮게 웃었다. 그중 혈왕 남부옥이 은근한 어조로 말했다.

"그거라면 역시 암살이겠지. 내숭떨 거 있나."

암살.

정파의 고수들은 찬동의 뜻을 내비치지 않았다. 하지만 부정하는 이도 없었다.

청월패가 정파의 고수들을 대신해 혈왕의 말을 받았다.

"맞습니다. 군대라는 거인이 움직이기 위해서는 지휘관이라는 머리가 필요한 법이지요. 지휘관들을 암살해 관의 지휘 체계 자체를 마비시키면 북부 원정군은 허수아비 무리처럼 변할 것입니다."

무림연합은 관군에 비해 그 수가 압도적으로 적었다.

하지만 초인이라 불러도 부족하지 않을 고수의 숫자는 반대로 무림연합이 압도적이었다.

이러한 고수들을 가장 잘 활용할 수 있는 방안이 바로 적장 암살이었다.

"하지만 대장군도 무능한 자가 아닙니다. 전쟁터에서 잔뼈가 굵은 자인 만큼 우리가 어떻게 나설지에 대해서도 잘 알고 있겠지요. 때문에 알면서도 막을 수 없는 수를 둘 필요가 있습니다."

청월패의 시선이 권신에게 향했다. 일부는 그 시선을 좇아, 다른 일부는 미리 예견이라도 했다는 듯이 눈동자를 굴렸다.

회의실 안에 있던 모두의 시선을 한 몸에 받은 권신은 의자 등받이 깊숙이 몸을 묻었다. 곤란하다는 듯하면서도 다소 즐기는 것 같은 작은 미소를 그려 보였다.

"나보고 대장군을 암살하란 말이오?"

"말씀드렸다시피 알면서도 막을 수 없는 수여야만 합니다."

검신은 죽었다. 도신은 남부에 틀어박혀 움직이지 않고 있었다. 그렇다면 당금 천하제일고수는 단연 권신이었다.

권신의 무위라면 만인의 군사들 사이를 무인지경처럼 헤쳐 나갈 수 있었다. 천하제일인 내공을 바탕으로 허공을 박차 날듯이 전장을 가로지를 수도 있었다.

대장군은 분명 무림연합이 장수들을, 그중에서도 우두머리인 대장군 자신을 노릴 것이란 사실을 잘 알 터였다. 그리고 그 효과 또한 모르지 않으니 만전의 준비를 갖출 것 역시 불을 보듯 빤하였다.

하지만 그 방비가 어찌 되었든 정면에서 부숴 버린다.

알면서도 막을 수 없는 최강의 수로 '적'을 압박한다.

대장군을 죽인다.

권신은 고개를 끄덕였다. 뭇사람들의 기대에 응답하였다.

"알겠소. 내가 나서도록 하겠소."

청월패가 만족스런 미소를 그렸다. 다시 한 번 목소리를 가다듬고 들고 있던 지휘봉으로 전장 지도를 가리켰다.

"그럼 작전을 설명드리겠습니다."

"아마도 권신이 직접 나를 노리고 짓쳐들겠지."

북부 원정군의 주둔지, 전장 지휘 본부 역할을 수행하는 막사 안에서 대장군은 입술을 비틀어 웃었다.

청월패의 예상대로였다. 대장군은 무림이 어떻게 움직일지 거의 정확하게 예측하고 있었다.

무림연합은 속전속결을 원한다.

대장군이 보았을 때 무림연합은 위태로운 줄타기를 하고 있는 것이나 다름없었다.

혁명이네 뭐네 갖가지 말로 포장하고 있지만, 무림연합이 일으킨 것은 결국 반란이었다. 실패하면 구족이 화를 피할 수 없는 역모 말이다.

천인회에 지지를 표명했던 문파들 가운데 반수 가까운 수는 침묵을 유지했다. 관군들에게 길이 끊겼다는 것을 핑계로 움직이지 않았다.

속된 말로 간을 보고 있는 것이었다. 정말로 이길 수 있는지, 승산이 있는지 주판알을 굴리고 있는 것이 눈에 훤하였다.

무림연합은 성과를 낼 필요가 있었다.

우리는 이길 수 있다. 새로운 나라를 세울 수 있다. 관군을 꺾을 수 있다.

변방의 군사들이 집결하기 전에 유효한 결과를 내야 한다는 시간 제한까지 붙어 있으니 더욱 다급할 수밖에 없었다.

속전속결.

그렇다면 역시 황실을 치는 것을 생각할 수 있었다. 그리고 그러기 위해서는 대장군 자신이 이끄는 북부 원정군의 발을 어떻게든 묶어 둘 필요가 있었다.

그래서 생각할 수 있는 것은 암살.

천인장 둘과 만인장 하나를 죽였던 것처럼 대장군을 죽인다. 휘하 참모진들을 참살해 북부 원정군이 제 기량을 발휘하지 못하도록 한다.

무림연합의 총군사를 맡고 있는 자는 천지문 출신이라 들었다. 대장군 휘하에도 천지문 출신이 몇 있어 제법 여러 가지 이야기를 들을 수 있었다.

놈들은 북부 원정군을, 대장군 자신을 노린다. 가능하면 선전하기 좋은 형태로 싸움을 만들어 주춤하고 있는 무림 세력들의 가슴에 불을 지핀다.

누가 올지도 대충 짐작할 수 있었다. 반드시 성공해야만 하는 작전이니 알면서도 막지 못할 수를 내밀 것이 분명했다.

대장군이 사납게 웃었다.

"알면서도 막기가 쉽지 않아. 어쩌면 무림과는 진즉
에 결판을 냈어야 했는지도 모르겠군."

무림은 필요 이상으로 강해졌다. 국가를 위협하는 초
인의 존재는 결코 용납될 수 없었다.

대장군은 주변을 둘러보았다. 만인장과 천인장들, 대
장군 휘하의 군사들, 그리고 광룡 대주인 백룡과 녹룡
이 막사 안에 각기 자리를 잡고 있었다.

대장군은 그중 백룡에게 말했다.

"권신 혁린, 그자 혼자서 오지는 않겠지. 놈들이 황
실을 노릴지도 모르니 황실 고수들을 그렇게까지 많이
빼 올 수는 없네. 광룡과 암룡의 힘으로 막을 수 있겠
나?"

백룡은 섣불리 답하지 않았다. 짧은 시간이나마 충분
히 심사숙고하는 모습을 보였고, 그런 모습이 대장군에
게는 더욱 신뢰를 주었다.

마침내 백룡이 말했다.

"대장군부와 힘을 합친다면 충분히 가능할 것입니다.
또한 무림의 고수들이라 할지라도 결국엔 인간. 우리 북
부 원정군의 수만 대군을 허투루 여기지 못할 것입니다."

백룡의 대답에 대장군은 고개를 끄덕였다. 저 백룡이 권신과 한편이라는 것은 꿈에도 모른 채 믿음을 보였다.

"중요한 싸움이야. 어쩌면 이 싸움 한 번으로 무림의 반란을 실질적으로 종식시킬 수도 있겠지."

이 싸움은 무림연합에게만 기회가 아니었다.

권신 혁린을 죽인다.

무림연합은 단번에 무너질 터였다. 이길 수 없다는 생각이 놈들 사이에 팽배해질 터이고, 목숨을 구걸하는 이, 역모에 참여한 적 없다며 발을 빼는 이들로 무림이 사분오열할 것이 불을 보듯 빤하였다.

'장기적으로 보아 무림은 결국 이 땅에서 사라져야 한다.'

그것이 대장군의 생각이었다. 본인은 상상도 못할 터였지만, 권신의 생각과 조금도 다르지 않았다.

홀로 천 명, 만 명을 당해 낼 수 있는 초인은 이 세상에 불필요했다. 그런 괴물은 세상을 혼란에 빠트릴 뿐이었다.

"무림은 너무 커 버렸어, 너무."

대장군이 참모진에게 눈짓으로 회의를 진행할 것을

명하였다. 참모진들은 전장 지도를 펼치고 예상되는 무림연합의 침투 경로에 대해 설명하기 시작했다.

대장군은 참모들의 목소리를 흘려들으며 눈을 감았다.

백룡은 그런 대장군을 똑바로 바라보았다.

☯

병력이 집결했다.

천인회 무인들은 천인(千人), 두 글자가 새겨진 깃발을 들고 진군했다. 천인회 자체가 애당초 사문을 초월한 무림인들의 집단이었기에 정해진 무장이나 복장도 없었다.

하지만 하나같이 기도가 범상치 않으니, 그 수는 비록 채 삼천이 되지 못했지만 느껴지는 힘만은 수만 대군에 필적할 만했다.

권신과 천인회의 핵심 인사들이 무인들을 이끌고 중앙으로 향했다. 관에서 빼앗은 말들로 소수나마 기병대 또한 꾸렸기에 모양새가 썩 그럴듯했다.

북부 원정군은 천인회를 정면에서 마주하기 위해 남

서쪽으로 기동했다. 수만 대군의 움직임은 실로 거산의
움직임에 비할 만하였다.

병력 규모로만 따지면 열 배 이상 차이가 났기에 계
란으로 바위 치기나 다름없었다. 아무리 신묘한 전술을
쓴다 할지라도 회전에서 지금의 수적 열세를 뒤집을 방
법은 없을 것만 같았다.

세간의 이목이 집중되었다. 이 한 번의 싸움으로 많
은 것이 바뀔 터였다.

모든 전쟁이 그러하듯이, 전장은 양측의 암묵적 합의
하에 결정되었다. 서쪽 땅과 중앙의 경계에 위치한 넓
은 기산평야였다.

싸움의 결과를 지켜보기 위해 기산평야로 향하는 이
들이 하나둘 늘었다.

먼저 당도한 것은 천인회였다. 하루 늦게 도착한 북
부 원정군이 서둘러 병영을 설치하고 싸울 태세를 갖추
었다.

천인회는 그 모든 과정을 지켜보았다.

자연스럽게 밤이 깊었다. 뭇 호사가들의 예상처럼 두
집단은 마주하자마자 싸우는 대신 침착하게 서로를 응
시했다.

북부 원정군은 야습에 대비했다. 하지만 천인회는 야습 또한 하지 않았다. 먼 길을 달려온 북부 원정군을 밤새 괴롭히는 대신 그저 자신들의 군막에서 편히 휴식을 취했다.

싸움은 다음 날 아침에 시작되었다.

양군의 우두머리끼리 서로를 비난하고 자신들의 대의를 세우는 등의 당연한 절차조차도 이루어지지 않았다.

권신은 천인회의 선두에 섰다. 말에도 타지 않았다. 갑옷조차 입지 않았다. 그저 늘 입던 무복 차림 그대로일 뿐이었다.

대장군은 본영에 서서 그런 권신을 노려보았다. 권신과 대장군 사이에는 수만 대군이 도열해 있었고, 대장군 본인도 황실의 무공을 익힌 절정의 고수였다.

터무니없을 정도의 병력 차.

기습이나 야습도 없고, 전장에 먼저 선 이들이 준비할 만한 함정이나 기책도 없이 정면으로 맞서려는 적.

말에도 타지 않고 갑주도 입지 않은, 선봉에 서서 돌진하려 하는 적의 총대장.

대장군의 얼굴이 사납게 일그러졌다.

얕봐도 너무 얕본다는 생각이 들었다.

'천하제일권이라는 알량한 호칭에 취해도 단단히 취해 오만이 하늘을 찌르는구나.'

대장군은 더는 기다리지 않았다. 압도적인 병력 차였다. 자칭 무를 숭상한다는 건방진 무림인들에게 '군단'의 힘을 보여 주리라!

"전군, 돌격하라."

"돌격하라!"

"돌격하라!"

대장군의 명을 좌우의 군사들이 반복해서 외쳤다. 진군 나발과 북소리가 기산평야를 가득 메웠다.

사만 대군 가운데 제일진인 일만 명이 돌진했다. 일만 군사가 동시에 발을 굴리니 지축이 뒤흔들리는 것 같았다.

천인회 무사들도 막상 눈앞에서 일만 대군이 돌진해 오자 주춤할 수밖에 없었다. 하지만 권신은 그렇지 않았다. 그는 바둑판 앞에 섰을 때처럼 희미한 미소를 그렸다.

이 싸움에서 천인회는 절반 이상이 목숨을 잃는다.

하지만 이 싸움에서 관군 역시 막대한 피해를 보리라.

모두 좋았다. 둘 모두 바라는 바였다.

권신이 진각을 밟았다. 질풍처럼, 섬광과도 같이 돌진했다.

천인회 무인들이 그 뒤를 따랐다. 저마다 경공을 발휘하니 그 속도가 북부 원정군에 비할 바가 아니었다.

첫 번째 충돌은 권신에 의해 일어났다.

권신은 일권을 내뻗었다. 북부 원정군의 육신이 아닌 허공을 격타했다.

하지만 그것은 무의미한 행동이 아니었다. 권신의 주먹에 어린 찬란한 황금빛 권기가 정면을 향해 방출되었다. 밀도를 생각하지 않고 오로지 크기만을 고려한 권기는 정면에서 마주 달려오던 북부 원정군 열몇 명을 일시에 찢어발겼다.

보통의 무림인이라면 할 수 없는 일이었다. 어마어마한 내력 소모를 감수해야 하는 일이었고, 이 같은 전쟁터에서 저런 공격을 반복했다가는 몇 번 권기를 내질러 보지도 못하고 지쳐 쓰러질 것이 분명했다.

하나 그것은 평범한 고수들에게나 해당하는 이야기였다.

권신은 달랐다.

천하제일의 내공을 자랑하는 그가 아니었던가.

쾅!

권신이 지면을 다시 박찼다. 공중으로 치솟았다. 이번에는 양손을 휘둘렀다. 날카롭게 세운 수도에서서부터 방출된 기가 다시 한 번 북부 원정군의 머리 위를 덮쳤다.

한 번에 수십, 수백 명이 죽는 일은 일어나지 않았다. 기껏해야 이번 공격에도 열댓 명 정도가 상했을 뿐이다. 하지만 그 파급 효과는 엄청났다.

북부 원정군은 자신들의 상식을 초월한 '초인'과 싸워야 함을 인지했다. 그리고 그러한 인지가 공포로 바뀌는 데는 오랜 시간이 필요하지 않았다. 공포를 부채질할 존재들이 있었기 때문이다.

"처음에는 다소 내력의 소모가 크다 할지라도 화려하고 강력한 기술들을 선보여 주시기 바랍니다."

권신뿐만 아니라 천인회의 주력 고수들 모두가 총군사에게 받은 지침이었다. 곳곳에서 화려한 빛과 함께 검기와 도기가 세상을 물들였다. 어김없이 북부 원정군의 피와 육신을 탐하였다.

천인회의 일반 무인들도 가만히 구경만 하지 않았다. 일시에 북부 원정군을 덮치니, 손발이 어그러진 북부 원정군은 속절없이 죽어 나갈 뿐이었다.

천인회의 전략은 중점 돌파였다. 쐐기 형태를 갖춘 천인회 무사들로 단번에 적진을 관통, 대장군을 비롯한 지휘부를 궤멸시키는 것이 이번 전투의 목적이었다.

통상적인 군대라면 불가능한 일이었다. 군략의 관점에서 보아도 이는 미친 짓에 불과했다.

쐐기를 이루는 천인회의 숫자가 너무 적었다.

중앙을 채 돌파하기 전에 양옆에서 밀려드는 북부 원정군에 파묻힐 것이 분명했다. 대장군과 지휘부가 자리를 고수하는 대신 뒤로 물러서며 방벽을 강화하면 오히려 적의 포위진에 뛰어든 꼴이 되고 말 터였다.

하지만 이 역시 일반적인 군대의 이야기에 불과했다.

천인회 총군사 청월패는 이 작전이야말로 천인회가 펼칠 수 있는 최고의 작전이라 자평했다.

이유는 단순했다.

천인회의 돌파력은 중원의 지난 역사를 통틀어 최강이었다.

권신은 양 떼 속에 뛰어든 호랑이와 같았다. 무인지경을 오가듯 정면으로 쑥쑥 치고 나갔다. 다른 고수들역시 마찬가지였다. 경공을 펼치며 나아가니, 일반적인군단의 돌파 속도와는 비할 수조차 없었다.

삽시간에 천인회가 일만 명의 군사로 구성된 제일진을 돌파했다. 기병대라 할지라도 이런 돌파는 불가능할터였다.

대장군은 서둘러 지령을 내렸다. 마찬가지로 일만 군사로 구성된 제이진과 삼진이 동시에 나아갔다. 제일진의 일선 지휘관들은 자신들을 꿰뚫고 지나간 천인회를포위하기 위해 병력을 급히 수습하였다.

그리고 이 와중에도 권신을 돌진했다. 천인회가 실제로 상대해야 하는 병력은 결코 수만에 달하지 못했다.수천 대 수천, 아니, 실질적으로는 수백 대 수백의 싸움이 펼쳐지니, 북부 원정군으로서는 단위 전투력에서자신들을 아득히 초월하는 천인회를 막을 방도가 없었다.

천인회도 아주 희생이 없던 것은 아니었다. 경공을펼치며 싸움을 계속하는 것은 쉽지 않은 일이었다. 아무리 단위 전투력에서 차이가 난다 해도 방진을 이룬

보병 부대와 싸우는 것은 무림의 난전과는 또 다른 차이가 있었다.

전투의 흐름이 너무 빨랐다. 개전한 지 얼마 되지 않았음에도 불구하고 난전 상황이 이루어졌다.

대장군은 북부 원정군의 움직임이 훈련 때만 못하다는 것을 인지했다. 실전이 불러온 공포가 북부 원정군의 발을 붙잡았기 때문만은 아니었다.

지휘관들의 부재가 불러온 결과였다. 천인회는 집요할 정도로 북부 원정군 지휘관들의 척살에 매달렸다. 궁술의 고수들이 강기를 실어 화살을 쏘아 대니 십인장이나 백인장 같은 일선 지휘관들이 배겨 날 방도가 없었다.

대장군은 냉정을 유지하기 위해 노력했다. 지금 당장에야 천인회가 우세해 보이지만, 결국 소모전 양상으로 가면 북부 원정군이 이길 수밖에 없는 싸움이었다.

권신이 제삼진을 돌파했다. 대장군은 제자리를 고수하며 그런 권신과 천인회를 노려보았다. 그저 손을 들어 미리 준비시킨 황실 고수들과 광룡의 무인들에게 싸울 채비를 갖추라 명할 뿐이었다.

'이곳에 당도하면 권신과 천인회는 지칠 수밖에 없다.'

무림인도 결국엔 사람이었다. 초인이라 하나 결국엔 인간. 저리 힘을 써 대니 제아무리 천하제일내공을 자랑하는 권신이라도 지칠 수밖에 없었다.

병사들의 희생이 안타까웠지만, 큰 그림을 그려야 할 때였다. 대장군은 인내했다. 얼마 안 있어 펼쳐질 권신과의 싸움에 대비했다.

권신은 제삼진을 돌파한 순간, 정면을 노려보았다. 마지막 제사진 사이에 대장군을 비롯한 지휘부가 보였다.

폭풍 같은 돌파로 천인회 역시 삼분지 일 가까이가 상했다. 비록 많은 수의 지휘관들을 잃었다지만 북부 원정군의 지휘관들이 전멸한 것도 아니었고, 병사들 사이에서도 고참병들이 있을 터이니 보위진이 형성될 것은 불을 보듯 빤하였다.

'이쯤이 좋겠군.'

권신은 단독 돌파를 생각했다. 천인회가 쫓아오지 못할 정도의 속도로 단번에 적진을 가로질러 대장군을 칠 생각이었다.

이는 아무리 권신이라 해도 미친 짓이었다. 대장군에게 다가가는 것 자체는 가능할지 몰라도, 그 이후에는 황실 고수들의 연수 합격에 무너질 수밖에 없었다.

대장군의 예상대로 권신 역시 꽤나 많은 힘을 단시간 만에 쓴지라 지친 상태였다. 당금 천하제일고수를 꼽을 때 빠지지 않을 권신이었지만, 역시나 고금제일마 혈랑마존에 비할 수는 없었다.

하지만 권신은 주저하지 않았다. 지면을 박차 공중으로 치솟았고, 천하제일의 내공을 바탕으로 허공을 연달아 박찼다. 일반인이 보기에는, 아니, 무림인이 보더라도 신과 같다 느낄 허공답보로 대장군을 향해 돌진했다.

제사진, 대장군을 호위한 병력들이 뒤늦게나마 허공의 권신을 향해 화살을 쏘아 댔지만, 무의미한 일이었다.

권신은 너무 빨랐고, 그나마 권신에게 닿을 것들도 호신강기에 튕겨 나갔다.

"놈을 참하라!"

대장군이 검을 뽑아 들며 명령했다.

하지만 처음 계획했던 것처럼 되지 않았다. 발검하는 황실 고수의 숫자가 너무 적었다. 본래 계획의 절반도 되지 못하는 수였다.

대장군은 무엇인가가 그릇되었음을 느꼈지만 어쩔 도리가 없었다. 권신은 이미 지휘부 코앞에까지 당도해 있었다.

백룡을 비롯한 광룡 무인들은 나서지 않았다. 오히려 은근히 몸을 뒤로 빼 어느샌가 사라져 있었다.

대장군부의 무인들뿐이었다. 하지만 도리가 없었다. 대장군부의 무인들은 저마다 검을 뽑아 들고 권신에게 돌진했다.

"우오오오오오오오!"

권신이 크게 외치며 양손에 그러모은 권기를 방출했다. 대장군부 무인들의 돌진을 저지함과 동시에 자신이 착지할 공간을 확보했다.

계획대로였다. 광룡 무인들은 물러서는 것에서 그치지 않았다. 혼란을 틈타 북부 원정군의 지휘관들을 암살했다. 북부 원정군 병사들이 보는 앞이었기에 대놓고 대장군부 무인들을 공격하진 않았지만, 권신에게 길을 열어 주었다.

권신은 지면을 박찼다. 충성스런 대장군부 무인들이 그런 권신을 막기 위해 저마다 몸을 던졌다. 하나하나 가 뛰어난 무인들이었기에 권신이라 해도 단번에 돌파하기가 쉽지 않았다.

어느새 지휘부에서 완전히 벗어난 백룡은 시선을 멀리하였다. 북부 원정군 사이에서 천인회가 고군분투하고 있었다. 여전히 무시무시한 돌파력을 보이긴 했지만, 북부 원정군 사이를 모두 빠져나갔을 때는 반수 가까운 무인들이 목숨을 잃을 것이 분명했다.

이 정도면 되었다. 이 전투는 무림이 악전고투 끝에 이기는 것으로 계획된 전투였으니 슬슬 끝을 낼 때였다.

백룡이 다시 고개를 돌렸다. 북부 원정군의 진영 뒤쪽이었다. 비다시피 한 전날의 군영 어딘가에 몸을 숨기고 있을 녹룡에게 청룡이 준비해 준 부적으로 신호를 보냈다.

대장군은 검을 뽑아 들었다. 수십 년간 갈고닦은 황실 무예를 펼치기 위해, 권신에 맞서기 위해 정면을 노려보았다.

녹룡은 그런 대장군의 뒤통수를 노려보았다. 먹이를 노리는 맥의 눈으로 거리를 재고 본능과 감각으로 바람을 읽었다.

녹룡이 시위를 당겼다. 자신도 모르는 어느 한순간,

손을 놓아 강시를 내쏘았다.

거리가 참으로 멀었다. 하지만 녹룡의 화살은 한 줄기 섬광이 되어 수십 장 거리를 순식간에 가로질렀다. 대기를 찢어발기며 질주했다.

오로지 권신만을 바라보던 대장군이었으나 본능이 그의 시선을 돌리게 만들었다. 대장군은 급히 돌아섰다. 화살을 보았다. 하지만 막거나 피할 수 없었다.

찰나.

녹룡의 화살이 폭발했다. 그렇게밖에 표현 못할 붕괴였다.

대장군은 멈추었던 숨을 거칠게 토했다. 자신의 눈앞에 갑자기 나타나 화살을 파괴한 남자의 뒷모습을 보았다.

불꽃과도 같은 붉은 기운이 전신에서 일렁이고 있었다.

백룡은 화살을 막은 자가 누구인지 알았다.

녹룡의 화살이 대장군을 꿰뚫기를 기다리던 권신 또한 한눈에 알아볼 수 있었다.

십삼조의 마지막 비수.

신조였다.

신조의 등장은 분명 예상외였다. 복장을 보아하니 북부 원정군으로 변장해 잠입해 있던 모양이었다.

백룡과 권신은 거의 동시에 신조를 알아보았지만, 둘 중 누구도 크게 걱정하지 않았다. 신조의 등장은 예상 범위 안에 있던 일이었다. 그리고 지난번 싸움에서 신조는 권신의 상대가 되지 않음이 밝혀졌다. 더욱이 이제 겨우 첫 번째 화살을 막은 것에 불과하지 않은가.

백룡은 움직일 준비를 하였다. 녹룡이 두 번째 화살을 쏘는 순간, 신조가 그것을 막든 피하든 손을 쓸 요량이었다.

하지만 백룡의 기대와는 달리, 녹룡의 두 번째 화살은 발사되지 않았다.

"이럴 줄 알았어. 이럴 거라 생각했어."

녹룡은 돌아서지 않을 수 없었다. 목소리가 너무 가까이서 들렸다. 녹룡은 돌아섬과 동시에 눈동자를 굴렸다. 적이 보이지 않았다. 소리가 들려온 방향을 추측해 기감을 퍼트려 보는 것이 할 수 있는 최선이었다.

목소리가 들려온 곳은 녹룡의 등 뒤, 임시로 세운 병영이 이어진 장소였다. 천막으로 만든 막사 안에 누군가 있는 것이 분명했다. 하지만 명확하게 위치를 포착할 수 없었다. 녹룡은 빠르게 판단했다. 천막을 향해 강시를 쏘아붙인 직후 지면을 박찼다.

이 자리를 이탈한다.

그것이 녹룡의 판단이었다. 하지만 멀리 갈 수 없었다. 목소리가, 독무가 녹룡의 발목을 붙잡았다.

"어쩜 녹림 때랑 달라진 게 하나도 없니?"

그때도 뒤에 숨어서 화살을 날려 대더니 말이야, 이번에도 다름이 없구나. 대장군의 등 뒤를 점하기 위해 병영에 남아 있을 것이라 생각했어. 이곳을 제외하면 딱히 저격할 수 있는 지점도 없고 말이야.

이곳은 지금 진지 안이었다. 아무리 애묘라 해도 미리 독의 '영지'를 만들어 두는 것은 불가능했다. 때문에 독무는 바람의 도움을 받지 않으면 빠르게 퍼질 수 없었다.

녹룡은 숨을 참으며 재차 지면을 박찼다. 독무로부터 벗어나는 것을 최우선으로 삼았다.

하지만 이 또한 녹록치 않았다. 천막 부근에 짙은 연막이 퍼지는가 싶더니, 이내 연막을 뚫고 애묘가 모습을 드러냈다. 손을 앞으로 내뻗었다.

뒤덮어라, 죽음.

사갈(蛇蝎).

무색무취의 독이라 할지라도 하독을 위해서는 독을 풀어야 하는 법이었다. 호흡을 통해서든, 아니면 직접 접촉을 통해서든 중독시키고자 하는 적이 독에 접촉하지 않으면 하독은 불가능했다.

애묘 또한 그러했다. 그녀가 개발한 수많은 독들 역시 그 외의 방법으로는 적을 중독시킬 수 없었다.

하지만 단 하나, 스승님에게 물려받은 독은 달랐다. 애묘가 익힌 절기의 극의, 최후의 독 사갈만은 기존의 상식을 초월하는 방법으로 적을 중독시킬 수 있었다.

시선이었다.

바라보는 것이었다.

다른 십삼조가 그러하듯이 애묘의 절기 또한 주술에 가까웠다.

바라보는 것으로 적을 중독시킨다.

그 육신 내부에 정신적인 독을 발생시킨다.

녹룡은 신음을 토했다. 전신을 뒤덮는 고통에 몸을 떨었다. 내력을 일으켰지만 소용없었다. 애당초 실존하지 않는 독이었다. 애묘의 절기 사갈을 몰아낼 수 있는 것은 강철과도 같은 의지뿐이었다.

애묘는 이를 악물었다. 사갈을 유지할 수 있는 시간은 그리 길지 않았다. 빠른 시간 안에 끝을 보아야만 했다.

애묘가 지면을 박찼다. 녹룡에게 접근했다.

무엇인가가 잘못되었다. 녹룡에게 일이 생긴 것이 분명했다.

백룡은 대장군을 보았다. 그리고 시선이 교차했음을 느꼈다.

어찌해야 할 것인가.

답은 처음부터 정해져 있었다. 백룡은 검을 뽑아 들고 대장군을 향해 돌진했다.

"크허어어엉!"

권신이 사자후를 토했다. 웅대한 내력이 주변 일대를

뒤덮자 대장군부의 무인들이 버티지 못하고 일시에 무릎을 꿇었다.

권신의 목표는 명확했다. 공중으로 치솟아 오름과 동시에 주먹을 뒤로 당겼다. 대장군과 신조를 단번에 쓸어버릴 요량으로 권강을 일으켰다.

제아무리 천하제일의 내공을 지닌 권신이라 해도 이런 식으로 내력을 소모하는 것은 무리였다. 하지만 대장군을 죽이는 데 이 이상 시간을 끌면 천인회의 피해가 너무 커질 터였다.

이번 싸움은 이겨야 하는 싸움이었다. 그래야 싸움을 좀 더 큰 소모전으로 이끌 수 있었다. 움츠러든 무림 문파들을 반란에 가담시키기 위해서는 확실한 승리가 필요했다.

신조는 권신보다 아래였지만, 그렇다 해도 사황오제에 준하는 고수였다. 대장군을 죽이는 데 충분히 방해 요소가 될 만했다.

권신의 주먹으로부터 권강이 방출되었다. 작은 태양과도 같은 그것은 찬란한 빛을 뿌리며 대장군과 신조를 향해 똑바로 나아갔다.

미리 약조하지 않았지만 권신과 백룡은 권강이 방출

된 그 순간 똑같은 생각을 했다. 권강이 대장군과 신조
에게 명중해 둘을 분쇄하면 그것으로 좋다. 둘이 막거
나 피한다면 그건 그거 나름대로 좋다. 그 틈을 찔러
둘을 멸하면 되는 것이니까!

그렇기에 권신은 허공을 박차 권강의 뒤를 따라붙었
다. 백룡 또한 앞으로 치고 나가기를 멈추지 않았다.

대장군은 자신을 향해 엄습해 오는 거대한 권강의 덩
어리를 보았다.

그리고 신조도 보았다. 두 손을 앞으로 내뻗었다.

집어삼켜라, 탐욕.
탐랑(貪狼).

권신의 권강이 신조의 두 손 안으로 빨려 들어갔다.
거짓말처럼 흩어져 사라졌다.

아랑의 절기, 탐랑.

신조는 시선을 높이 하였다. 권강의 소실에 당황을
감추지 못하는 권신의 얼굴을 똑바로 노려보았다. 전광
석화와도 같이 양손에 비수를 거머쥐고 권신을 맞을 태
세를 갖추었다.

백룡과 권신은 눈앞에서 일어난 일을 이해할 수 없었다. 하지만 둘에게는 생각할 시간이 없었다.

백룡과 대장군이 격돌했다.

권신과 신조가 조우했다.

두 개의 싸움이 동시에 시작되었다.

◑

'사숙이 권신과 정면 대결을 해서 승리할 가능성은 일 할 미만.'

유성은 냉정하게 평가했다. 그는 북부 원정군과 천인 회가 격돌하는 전장에서 다소 떨어진 곳에 홀로 서 있었다.

'첫 번째 하독이 성공한다면 사고께서 녹룡을 이길 가능성은 팔 할 이상.'

애묘의 절기, 사갈은 그만큼 강렬한 것이었다. 다른 무엇도 아닌 '시선'으로 하독하는 것이기에 중독을 피할 수 있는 방법이 거의 존재하지 않았다.

더욱이 사갈은 정신의 독이었다. 사이한 심령술에 가까웠기에 사갈을 견뎌 내기 위해서는 현철보다 단단한 의지가 필요했다. 하지만 그런 자는 고수들 가운데서도 거의 존재하지 않았다.

사독의 유일한 단점이라면 하독하는 애묘에게도 부담이 만만치 않다는 것이었다. 애묘도 적에게 사갈을 시전하고 있는 동안에는 평소의 기량을 발휘할 수 없었다. 그래서 홍초와 도철이 애묘를 지원했다.

사갈에 당한 녹룡을 셋이서 협공한다.

녹룡 역시 대장군의 눈을 피해 진지에 남았을 터이니 녹사대 궁사들을 많이 남기지도 못했을 터다. 이 정도 전력이면 충분했다.

유성은 싸움이 한창인 북부 원정군과 천인회 쪽을 바라보았다. 그중에서도 제일 후열, 대장군이 있는 곳에 시선을 두었다.

문제는 신조였다. 신조가 과연 권신과 백룡을 막아내고 대장군을 구할 수 있을 것인가.

대장군부터가 강한 무인이고 대장군부의 무인들 또한 주변에 있긴 하지만, 천하제일내공을 자랑하는 권신과 광룡제일고수라 손꼽히는 백룡이었다. 더욱이 광룡의 무사들은 권신과 백룡을 도울 터이니 대장군은 지금 포위된 형국이나 다름없었다.

십삼조의 목표는 광룡의 멸망이었다.

하지만 유성은 거기에 그치지 않았다. 유성은 황실과 무림의 공멸뿐만 아니라, 어느 한쪽이 일방적으로 크게 위축되는 것 역시 원하지 않았다.

이 싸움은 양쪽 모두 어느 정도 피해를 입는 선에서 그쳐야 했다. 대장군과 아직 천인회에 가담하지 않은 무림인들이 힘을 모아 광룡을 벌하는 것이야말로 유성이 생각하는 이상적인 형국이었다.

삼신 가운데 검신은 죽고 권신은 천인회에 속해 있지만, 아직 도신 사주헌이 남아 있었다. 도신을 주축으로 하여 대장군과 공조 체제를 구축하면 무림과 황실, 모두를 구할 수 있었다.

'사숙……'

신조의 역할이 중요했다. 신조가 대장군을 구해 내지 못하면 결국 광룡의 뜻대로 모든 일이 흘러갈 것이 분명했다.

신조는 일 할의 가능성을 오 할, 팔 할로 상승시키기 위해 극단적인 선택을 했다.

유성은 오른손에 든 아랑의 증표를 꽉 움켜쥐었다. 신조의 승리를 기원했다.

신조는 처음부터 전력을 다했다. 불사신조 이식, 신생이 신조에게 힘을 불어넣었다.

"잘 보고, 잘 피하고, 잘 때린다. 결국 모든 무공의 귀착점은 저 세 가지다. 그 이상도, 그 이하도 없어."

신조는 눈으로만 권신을 쫓지 않았다. 기감으로 읽었다. 객관화된 시선으로 관찰했다. 인체의 한계로 인해 발생하는 동선을 경험으로 추론하였다.

일권일각.

맞으면 죽는다. 단 한 번이라도 권신의 공격을 허용하면 신조 자신은 죽는다.

하지만 그것은 권신도 마찬가지였다.

신조 자신이 일수를 성공시키면 권신이 죽는다.

그런 상황을 만들어야 했다.

권신의 주먹이 허공을 격타했다. 권압만으로도 주변 일대의 대기가 어그러지고 찢어지는 느낌이 들었다. 그만큼이나 강렬한 권격이었다.

신조는 거의 머리 하나 정도의 차이로 권신의 주먹을 피했다. 아슬아슬한 거리를 유지하며 적의 품에 파고드는 것이 본래 신조의 방식이었지만, 이번에는 조금 다른 대응을 했다. 아직 때가 아니었기 때문이다.

권신의 연격이 이어졌다. 신조는 오로지 피하는 것에만 집중했다.

객관적으로 생각하면 신조는 일격으로 권신을 제압할 수 없었다.

권신은 넘쳐흐른다고 표현해도 과언이 아닐 내공을 지녔기에 항시 몸에 호신강기를 두르고 있었다. 신조가 가진 가장 강력한 한 수인 가루라라면 권신의 호신강기를 꿰뚫는 것이 가능할 터였지만, 권신이 호락호락하게 가루라를 맞아 줄 리가 없었다.

설사 적중한다 할지라도 가루라가 호신강기를 뚫기 위해 소진하는 시간 동안 생로를 찾아낼 권신이었다.

신조는 오로지 한 가지만을 생각했다.

어떻게 일격필살을 이룰 것인가.

권신의 공격을 무한정 피할 수는 없었다. 끊임없이 내력을 제공하는 불사신조 이식, 신생이었지만, 결국엔 사람의 무공인지라 한계가 있었다.

일각에서 이각 사이.

불사신조 이식, 신생이 신조에게 끊임없는 내력을 제공할 수 있는 시간이었다. 그 시간 이후에는 지금까지 공급했던 힘에 대가를 받아 내듯 오히려 신조를 무기력한 상태로 몰고 가는 신생이었다.

권신을 죽이기 위해 필요한 것.

권신의 움직임을 일순간이나마 봉해야 했다. 봉하지 못한다면 최소한 평소처럼 움직이지 못하게 해야 했다.

권신의 호신강기를 해결해야만 했다. 가루라로 단번에 그 생명을 앗아 갈 수 있도록 호신강기를 약화시키거나 해제시켜야만 했다.

신조는 권신이 대장군의 앞에 나타날 때까지는 모습을 드러내지 않았다. 백룡이나 녹룡의 기습을 막기 위해서란 목적도 있었지만, 권신이 북부 원정군과의 싸움으로 지치기를 기다린 것이기도 하였다.

신조는 정명한 무인이 아니었다.

암살자였다. 암부였다.

스승님에게 배운 것은 무공이 아닌 사람을 죽이는 법이었다.

콰가강!

다시 한 번 무지막지한 권신의 권각이 연달아 허공을
짓찢었다. 신조는 자신과 권신을 제외한 모든 것을 세
상에서 지웠다. 오로지 권신 하나에만 집중하였다.

"우리 십삼조의 절기는 결국 주술이나 다름없어. 애당초
증표를 통한 전승도 그래. 심법에 대해 적혀 있긴 하지만,
결국엔 증표 자체를 통해 절기를 전수하는 거야. 절기 자체
를 영혼에 각인시키는 거지."

모두 은퇴하고 맹저와 신조, 단둘만이 남았을 때, 자
신의 증표를 보여 주며 맹저가 해 준 이야기였다.

"각각의 절기는 완전히 다른 것 같지만, 실은 이어져 있
어. 모두 스승님에게서 나온 것이라 그런지, 일맥이라고도
할 수 있지. 그래서 우린 서로의 절기를 익히기 쉬워. 스승
님에게 배운 절기, 그 자체를 완전히 잇기는 힘들지만, 가장
대표적인 극의는 오히려 금방 익힐 수 있지. 이미 절기를 익
혀 길이 닦인 영혼에 증표를 통해 새로운 절기를 각인시키면
되는 거니까."

신조 자신의 절기인 불사신조만 해도 그러했다. 사실 이상하기 짝이 없는 무공이었다. 완성한 지 사십 년 만에 제대로 쓸 수 있던 절기.

무공이라기보다는 맹저나 아랑의 말마따나 실로 주술에 가까웠다.

"스승님이 우리에게 다른 사람의 절기를 탐하지 말라 하신 이유는 단순해. 애당초 우리에게 절기를 하나씩만 전수해주신 것과 같은 이유야. 평범한 사람은 스승님의 절기를 두 개 이상 감당하지 못해. 익힐 수는 있지만, 이는 육신뿐만 아니라 혹과 백을 함께 혹사시키는 것이나 다름없어. 애당초 절기를 익히기에 적합한, 그런 타고난 영혼을 가진 사람이 아니라면 아마 수명이 대폭 깎여 나갈걸? 그리고 안타깝게도 우리 십삼조 가운데 그런 영혼을 타고난 사람은 없어."

맹저는 그때 기쁘게 웃었다. 왜 웃느냐고 묻자 스승님이 이러니저러니 해도 자신들을 진심으로 아꼈다고 확신했기 때문이라 답했다.

맹저.

아랑.

스승님.

신조의 눈앞에서 황금빛 섬광이 일었다. 권신의 권강
이었다. 권각술만으로는 신조를 적중시키기 힘들다 판
단한 권신이 권강으로 권격의 파괴 범위 자체를 키운
것이었다. 그리고 이것이야말로 신조가 기다리던 순간
이었다.

신조는 진각을 밟았다. 물러서는 대신 권신에게 달려
들었다.

권신이 주먹을 내질렀다. 신조는 몸을 비틀어 아주
근소한 차이로 권신의 주먹을 흘려보냈다. 권강은 아랑
의 절기, 탐랑이 해결해 주었다.

신조는 영혼의 격통을 느꼈다. 불사신조를 사용하는
와중에 아랑의 절기를 사용한 대가였다. 하지만 신조는
멈추지 않았다. 멈출 수 없었다.

지근거리는 권신의 영역이었다. 병장기를 쓰기가 오
히려 불편한 지척의 거리에서는 천하에 권신을 당할 자
가 없을 터였다.

신조는 이 거리를 신조 자신의 것으로 만들어야 했
다.

신조가 권신의 주먹을 피한 바로 그 순간, 신조는 권신과 시선을 교환하였다. 영혼이 찢어지는 것 같은 고통 속에서도 사납게 웃었다.

뒤덮어라, 죽음.
사갈(蛇蝎).

애묘의 절기가 신조의 시선을 통해 발동했다. 순간이지만 권신의 몸에서 자유를 앗아 갔다. 그 정신을 헤집어 놓았을 뿐만 아니라 무의식이 펼쳐 놓은 호신강기조차도 흐릿하게 만들었다.

사갈의 효과를 오래도록 지속할 순 없었다. 권신 정도의 무위를 갖춘 자라면 그 정신 또한 단단하기 이를 데 없었으니 말이다.

하지만 이것으로 충분했다.

그리하여 만들어진 찰나.

그 틈.

불사신조 용살의 법.
가루라(迦樓羅).

신조의 일수가 섬광처럼 작렬했다.

권신의 가슴을 관통했다.

외전

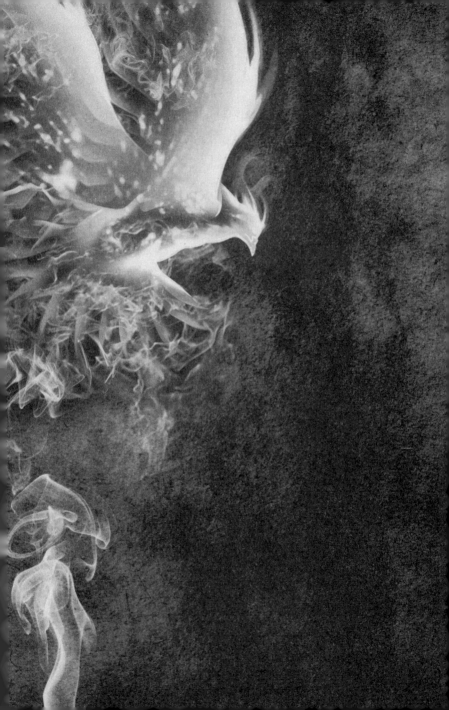

내 생각보다 더…… 너희가 내게 다가왔던 모양이구
나.

　그곳에는 바람이 불었다.
　눈보라였다. 어둠 사이로 차가움이 일었다.
　남자는 설원 한복판에 홀로 서 있었다. 중원 어디서
도 찾아보기 힘든 옷차림의 사내의 얼굴은 희었고, 머
리칼은 검었다. 눈동자는 푸른빛이었다.

검푸른 천으로 만든 옷은 몸의 선을 그대로 드러냈다. 어느 정도 여유를 두는 중원의 옷과는 거리가 멀었다. 하지만 그렇다고 암부나 살수들의 야행복처럼 몸에 딱 달라붙는 것은 아니었다.

머리에 눌러쓴 검푸른 모자 역시 중원에서는 찾아볼 수 없는 것이었다. 이국에서 벨벳이라 부르는 모직으로 통을 감싼 모자는 챙이 제법 넓어 남자의 하얀 얼굴에 그림자를 드리웠다.

남자는 모자를 벗었다. 한 손에 들고 있던 지팡이를 빙글빙글 돌리며 주변을 둘러보았다.

남자는 이 세상에 처음 온 것이 아니었다. 이 땅을 밟고 이 공기를 호흡한 기억이 남자의 영혼에 남아 있었다.

혈랑마존.

그것이 남자가 이전에 사용했던 이 세상의 이름이었다. 스스로 붙인 이름이 아니었다. 대저 신화나 전설 속의 마수와 영웅들이 그러하듯 뭇사람들이 그의 행적을 보고 별칭 같은 것을 만들어 불렀고, 그것이 곧 그의 이름이 되었다.

그는 그 이름을 좋아하지도, 싫어하지도 않았다. 애

당초 그 이름으로 불리던 당시의 기억은 그다지 많이 남아 있지 않았다.

"그때는 미쳤었지."

남자는 남 이야기하듯 중얼거린 뒤 숨을 크게 들이쉬었다. 맑고 차가운 공기가 기분 좋았다.

"아직 새로운 혈랑마존은 탄생하지 않았나?"

남자는 허공을 보았다. 저 너머에 숨겨진 이 세상의 구성, 그 자체를 꿰뚫어 보았다.

이 별의, 중원의 기록이 말하고 있었다.

새로운 혈랑마존은 아직 태어나지 않았다.

그가 귀제갈 사마첨의 간청을 받아들여 이 세상에 남긴 '다섯 개의 패'를 모두 모은 자도, 그 패에 담긴 힘을 하나로 모을 만큼 강한 영혼을 타고난 이도 나타나지 않았다.

"하기야 겨우 사오십 년이 지났을 뿐이니 당연한 수순일지도 모르겠군."

혈랑마존의 혈겁으로부터 겨우 그 정도의 시간밖에 지나지 않았다. 남자는 발걸음을 내딛었다.

"모처럼 만에 돌아온 이 세상에서 이제 무엇을 해야 할까?"

남자는 혼잣말을 마치 경극 대사 읊듯이 허공에 흩어
놓았다.

남자가 이 세상에 처음 방문한 것은 약 사십 년 전이
었다.

당시에 남자는 미쳐 있었다. 제정신이 아니었다. 남
자의 길고 긴 생애 가운데 그때만큼이나 이지를 잃은
적이 없었을 정도로 말이다.

남자가 다시 발걸음을 내딛었다. 몇 걸음 걷는 사이
에 남자의 모습이 변하였다. 체구나 얼굴은 그대로였지
만 입고 있는 옷이 이 세상에 어울리는 검정 무복이 되
었고, 기름을 발라 단정히 모아 올렸던 머리칼은 아무
렇게나 기른 야인의 그것처럼 어깨와 등 너머에서 바람
에 흩날렸다.

남자는 과거에 이 모습으로 활동하였다. 그저 거닐며
마주하는 것들을 죽이고 또 죽였다.

남자는 망각하지 않았다. 그는 과거의 삶 모두를 생
생히 기억해 낼 수 있었다. 그래서 이 세상에서 저지른
최초의 살인이, 혈랑마존의 시작이 무엇인지 명확히 기
억하고 있었다.

처음엔 산적이었다. 산중을 걷고 있는 그를 산적 셋

이 덮쳤다. 남자는 미쳐 있었고, 기분도 좋지 않았다. 날카로운 바람을 일으켜 산적 셋을 갈기갈기 찢었고, 그 피를 전신에 뒤집어썼다.

남자는 신경 쓰지 않고 계속 걸었다. 그러다 정파의 협객이라 할 만한 무인을 마주했다. 제자 혹은 사제라 여겨지는 무리를 이끌고 산중을 걷던 장년의 무인은 남자에게 멈추라 말했다.

비단 등 뒤에 보는 이들이 있어서만은 아니었다. 전신에 피를 뒤집어쓴 봉두난발의 야인을 위험하게 여기지 않는 사람은 없으니 말이다. 무인의 행동은 당연했다. 과연 정파의 협객다운 행동이라 칭찬할 만했다.

하지만 당시의 남자는 미쳐 있었다. 자신을 불러 세우려 한 하찮은 미물에게 시선을 두었다. 그것만으로 무인과 등 뒤에 있던 무리 모두를 지옥의 겁화로 불태워 버렸다.

남자는 계속 걸었다.

그 옛날에도 마찬가지였다. 무인과 일단의 무리들을 불태운 뒤에도 계속 걸었고, 자신에게 덤벼든 이를 몇인가 더 죽였다. 그러다 보니 간혹 남자의 손속을 피해 도망가는 생존자가 나오기 시작했고, 무인들은 남자를 마두라 부르기 시작했다.

수십 명이 무리를 지어 남자를 공격해 왔고, 남자는 그 모든 적의에 살의로 답해 주었다.

혈랑마존.

그것이 '무림'이란 세계가 그에게 부여한 이름이었다.

남자는 크게 신경 쓰지 않았다. 덤비는 무리들을 죽인 것은 그저 반사적인 행동에 불과했다. 남자는 그저 걸으며 생각을 정리하고 싶을 따름이었다. 미쳐 버린 자신을 되돌리기 위한 궁리의 시간이 그에게는 필요했다.

하얀 눈밭에 작은 발자국을 점점이 남기던 남자는 어느 순간 멈춰 섰다. 휘몰아치는 눈보라를 보며 계속 과거를 회상했다.

남자가 혈랑마존이라 불리기 시작한 지 얼마 지나지 않았을 때였다. 남자를 추종하는 자들이 생겼다. 보다 정확히 말하면, 남자의 힘과 이름을 이용해 자신들의 뜻을 이루려는 무리들이었다.

그 무리의 우두머리는 귀제갈 사마첨이란 자였다.

사마첨은 이제는 없어진 나라의 왕족이었다. 당금 천

하를 지배하는 제에 밀려 사라진 진의 후손.

제가 세워진 지 이미 이백 년의 시간이 흘렀지만 사마첨의 일족은 제를 멸하고 진을 다시 세우겠다는 꿈을 포기하지 못했다.

사마첨이 생각한 것은 혈랑마존의 힘을 이용해 무림과 황실을 멸하는 것이었다.

그가 그렇게 생각한 이유는 단순했다. 자신이 혈랑마존을 뜻대로 조종할 수 있다는 광오함 때문이 아니었다.

혈랑마존은 언젠가는 떠날 사람이다. 그는 무림의 정복도, 황실의 제압도 생각하지 않는다. 그는 그저 생각할 시간이 필요할 뿐이다.

정확한 관측이었다. 사마첨이 어떻게 그러한 것을 읽어 냈는지는 남자도 알지 못했다. 당시에는 물어볼 생각을 하지 않았고, 지금에 와서도 그저 작은 궁금증일 뿐이었다.

"그냥 감이었겠지."

남자는 피식 웃었다. 눈보라가 휘몰아치는 밤은 춥고 어두웠지만, 그는 추위도 공포도 느끼지 않았다.

중원을 기준으로 한다면 지금 남자가 서 있는 곳은

북부였다.

제의 국경 너머에 자리한 야만인들의 땅.

남자는 남쪽으로 진로를 잡았다. 다시 한 번 발걸음을 내딛었다.

사마첨은 끈기를 가지고 혈랑마존의 뒤를 쫓았다. 타고난 감이었는지, 아니면 치밀한 계산의 결과였는지 모르지만, 그는 혈랑마존과의 적절한 거리를 유지할 수 있었다.

뭇사람들은 혈랑마존과 사마첨의 관계를 오인하기 시작했다. 혈랑마존의 주변을 돌아다님에도 불구하고 죽지 않는 그들을, 오히려 혈랑마존이 한바탕 휩쓸고 지나간 곳을 다시 한 번 짓밟고 지나는 그들을 혈랑마존의 수하들이라 판단했다.

흔한 일이었다. 무림사에 몇 번이나 등장한 적 있는 '마두' 들은 대부분 그러했다. 세력도, 무엇도 없이 홀로 돌아다니다 보면 자연히 그 힘과 무위를 추종하는 무리들이 생기기 마련이었고, 가만히 있어도 절로 조직이 만들어졌다.

이는 인간의 본능과도 연관이 있는 일이었으니 뭇사람들이 혈랑마존과 사마첨의 관계를 오인하는 것도 무리가 아니었다.

남자는 오랜 시간을 걸었다. 그리하여 광기에서 벗어날 수 있었다. 하지만 광기를 벗어난 그를 기다리는 것은 깊은 후회와 슬픔이었다.

남자를 미치게 만들었던 어떤 사건.

깊은 후회와 슬픔을 야기할 수밖에 없는 과거의 기억.

오직 사마첨만이 그 변화를 포착하였다. 그리고 남자에게 이성이 돌아왔음을 알고 용기를 내 접근을 시도하였다.

남자는 후회와 슬픔에 빠져 있었다. 이번에는 과거의 일을 생각할 시간이, 그리고 스스로를 자책할 시간이 필요했기에 사마첨이 무어라 말하든 그저 들어주었다. 한 귀로 듣고 한 귀로 흘리며 허락하였다.

혈랑마존은 무림의 공적이 되었다. 하지만 그 누구도 섣불리 그를 벌하겠다 나설 수 없었다. 서쪽 땅을 제멋대로 활보하며 가로놓인 모든 것을 파괴하는 그를 막을 자가 없었다.

마침내 황실이 나섰다. 무림의 일에는 크게 관여하지 않는 편인 황실이었지만, 진의 후손임이 분명한 사마침이 혈랑마존의 곁에 맴도는 것이 황실을 자극하였다.

황실은 혈랑마존의 혈겁을 하나의 기회로 보았다. 무림에 황실의 힘과 위엄을 보여 줄 기회 말이다.

그렇기에 황제는 필요 이상의 무력을 준비하였다. 자그마치 육만에 달하는 대군과 일백 명의 황실 고수들을 풀어 혈랑마존과 그 무리들을 짓밟게 하였다.

그리고 기적이, 무림사의 악몽이 시작되었다.

혈랑마존과 그 무리는 황실의 육만 대군을 박살 냈다. 일백 명의 황실 고수들을 전멸시켰다.

"그때 내가 어떻게 했더라?"

문득 다시 멈춰 선 남자가 고개를 갸웃 기울였다. 저만치 멀리 제의 국경이 보였다. 어두운 밤 너머로 보이는 경비 초소의 불빛이 남자의 옛 기억을 다시 일깨워 주었다.

"아…… 아……."

혈랑마존 토벌을 담당한 대장군 하진은 멍청한 목소리를 흘렸다. 무어라 말을 자아낼 수도 없었다. 눈앞에서 벌어지는 광경이 그를 압도했고, 그의 정신을 공포로 뒤덮었다.

하진도 무공이란 것을 알았다. 무공이 인간을 어떻게 초인으로 발돋움시키는지 역시 모르지 않았다. 당장에 대장군 본인부터가 황실 무공을 수련한 절정의 고수이지 않은가.

무인은 분명 초인이다. 흔히들 절정고수라 부르는 검기상인의 경지에 올라 검기를 부릴 수 있게 되면 홀로 열 명, 스무 명 군사와 대적하는 것도 어렵지 않았다.

인간은 약했다. 타고난 본연의 육체만을 따진다면 인간보다 강한 동물은 이 세상에 얼마든지 있었다. 하지만 무인은 강했다. 검이나 도 같은 병장기가 없어도 검기상인의 경지에 오른 무인은 이 세상 최강의 동물이라 자부할 만했다.

하지만 그래도 한계가 있었다. 하진 본인부터가 고수였기에 무인의 한계를 누구보다 더 잘 알았다.

그래서 하진은 문제없다고 생각했다. 육만 대군에 일백 명의 황실 고수 가운데 실제로 손을 쓸 자는 십분의 일도 되지 않을 거라 판단했다.

그런데 모든 것이 오판이었다.

하진이 가지고 있던 상식, 그 자체가 파괴되었다.

혈랑마존은 검을 휘두르지 않았다. 검기를 사방팔방 뿌리지도 않았다.

그저 걸었다.

그저 똑바로 걸어 육만 대군과 일백 명 황실 고수들 사이를 가로질렀다.

그리고 지옥도가 펼쳐졌다. 불바다가 일어 지상을 불태웠고, 하늘이 열려 병사들을 빨아들였다. 칼날의 소용돌이 여럿이 동시에 휘몰아치며 병사들을 마구 죽였다.

무공이 아니었다. 그렇다고 주술이라 평할 수도 없었다.

혈랑마존은 그 모든 광경 속에서 웃지도 않았다. 그저 무표정하게 걸었다. 대장군 하진을 향해 똑바로 다가갔다.

육만 대군은 엄청난 숫자였다. 일백이란 숫자 역시 결코 적은 숫자가 아니었다. 지옥도가 그들 모두를 한 번에 뒤덮지는 못하였다. 분명 피해를 입은 것은 최대한 많이 잡아도 오분지 일 정도에 불과할 터였다.

하지만 그런 것을 계산할 여력이 있는 자는 아무도 없었다. 그 누구도 이성적인 생각을 하지 못했다. 그저 눈앞에서 펼쳐지는 지옥의 광경에 울부짖을 뿐이었다.

공포는 전염된다.

이성을 앗아 가고 움직임조차 가로막는다.

군대에서 말하는 전멸은 병사 전원의 죽음을 의미하지 않았다. 부대가 본래 구실을 못할 정도로 파괴되고 와해된 것을 의미했다.

군사적 의미로 황실의 육만 대군은 전멸했다.

그리고 황실의 일백 고수는 다른 의미로 전멸하였다. 하나도 빠짐없이 모두 죽고 말았다.

혈랑마존은 마침내 대장군 하진 앞에 섰다. 하진은 도망칠 생각도 하지 못했다. 말에서 굴러 떨어진 그는 겁먹은 얼굴로 주저앉아 벌벌 떨 뿐이었다.

혈랑마존의 주변에서 일어난 불길이 하늘을 붉게 물들였다. 병사들의 비명과 울부짖음이 세상천지를 뒤덮었다.

하진은 깨달았다.

혈랑마존은 인간이 아니었다.

악귀(惡鬼) 같은 것도 아니었다.

하진이 떠올린 것은 마신(魔神)이었다.

인간은 결코 저 악마에 대적할 수 없다.

혈랑마존이 손을 뻗었다. 하진을 불태웠다.

경비 초소를 담당하는 병사 우고는 전신이 불타는 환
상 속에서 버둥거렸다. 그 모습을 가만히 바라보던 남
자는 시끄럽다고 생각했고, 우고의 정신을 지배하는 환
상을 바꾸었다.

우고는 이내 허리춤을 풀더니 실실 쪼개며 허공에 용
두질을 하였다. 추잡하기 짝이 없었지만, 최소한 아까
처럼 시끄럽지는 않았다.

남자는 경비 초소 안을 둘러보았다.

높은 성벽 위에 돌로 만든 초소 안은 싸늘하기 짝이
없었다. 구석에 화로가 하나 놓여 있긴 했지만 한기를
몰아내기에는 너무나 부족한 온기였다. 기껏해야 화로
주변을 조금 달구는 것이 한계였다.

남자는 다시 우고를 돌아보았고, 환상을 바꾸었다.
반쯤 발가벗은 상태로 설치다가는 얼어 죽을 것이 분명
했기 때문이다.

경비 초소 안에는 우고 말고 다른 병사도 있었지만,

그 병사는 지금 남자가 보낸 심부름을 수행하기 위해 이 일대를 담당하는 장교를 부르러 간 참이었다.

남자는 필요 없는 살상을 하지 않았다. 옛날과는 달랐다. 그는 미쳐 있지 않았고, 딱히 살인 욕구가 팽배해 있지도 않았다.

남자는 우고의 기억을 읽어 제가 지금 어떤 상태인지를 대략적이나마 파악했다. 그리고 실소를 금치 못했다.

"사황오제삼신이라……."

분명히 그런 작자들이 있었다. 그러니까, 혈랑마존이란 이름으로 이 세상에서 머물렀던 마지막 날에 마주한 자들이었다.

무림의 열두 존자, 무림을 대표하는 열두 명의 초절정고수.

남자는 다시 과거의 기억을 떠올렸다.

육만 대군과 황실 고수 일백이 동시에 전멸하자 황실은 겁에 질렸다. 혈랑마존을 쓰러트릴 생각 자체를 하지 못했다. 황제는 군사를 풀어 황도 전체를 수비하게 하였다. 어찌나 겁을 먹었는지 국경을 지키는 정예군마저 소집하려 들었다.

　무림은 황실에 대한 기대를 버렸다. 무림의 힘을 그 러모아 혈랑마존을 격퇴하고자 하였다.

　물론 무림도 육만 대군이 혈랑마존과 그 추종 세력에 게 패했다는 사실을 알았다. 하지만 그 과정까지 완전 히 믿지는 않았다. 도무지 말이 되지 않는 이야기였기 때문이다.

　아마도 혈랑마존이 화약과 환술을 동시에 사용한 모 양이라 판단했다. 혈랑마존이 무림 최고수를 노릴 만한 강자임은 분명하니, 육만 대군 사이를 종횡무진 돌파해 대장군 하진을 암살하는 것도 불가능은 아니라 생각했 다.

　무림연합의 핵심을 이룬 것은 사황오제삼신이었다.

　검신, 도신, 창신, 검제, 도제, 궁제, 권제, 창제, 검황, 도황, 권황, 창황.

　무림의 하늘이라 불리는 열두 명의 고수였다.

　정사새외를 초월한 대연맹이 구축되었다. 평소 무림 을 경계하던 황실은 무림의 힘이 하나로 집결되는 것에 불만을 표하지 않았다. 그저 황도에 틀어박혀 지켜만 보았다.

사마첨을 포함한 혈랑마존의 추종 세력들은 무림연합군과 싸웠다. 무림연합은 혈랑마존과 사황오제삼신을 독대할 수 있도록 갖은 수를 다 썼고, 사마첨은 그런 무림연합의 수에 일부러 넘어가 주었다.

무림연합이 무슨 수를 써도 혈랑마존을 당해 낼 수 없을 터이니 별로 어렵지도 않은 선택이었다.

혈랑마존은 사황오제삼신과 대면하였다. 그리고 사마첨의 기대대로 너무나 간단히 사황오제삼신을 제압하였다.

제대로 상대조차 하지 않았다. 당시의 혈랑마존은 후회와 슬픔이 절정에 달해 있었다. 사황오제삼신은 생각을 방해하는 날파리에 불과했다.

그래서 손을 휘둘렀다. 자연재해라 불러도 좋을 현상을 일으켜 사황오제삼신들을 압살하였다. 그 가운데 검신 용화성이 살아남은 것은 그저 우연이라 해도 좋았다.

"네가 지휘관이구나."

남자가 그리 말하자 이 일대 국경 수비를 담당하는 천인장 정인설은 멍한 얼굴로 고개를 끄덕였다. 남자는 정인걸의 기억을 통해 보다 많은 것을 알 수 있었다. 혈랑마존의 혈겁 이후의 세상, 그 이후에 일어난 일들을 말이다.

"역시나 기록이나 전승이 남지 않았군. 완전히 숨어 버린 모양이야."

혈랑마존의 혈겁을 끝낸 것은 남자 스스로의 의지 때문이 아니었다. 혈겁을 끝내게 만든 자가 있었다. 홀로 혈랑마존과 대적해 마침내 그 육체를 파괴한 이 세상의 인간이 존재했다.

"폭뢰의 용."

번개를 부르는 귀신의 일족.

뇌신.

폭뢰신창.

깨끗하게 패했다.

설마하니 이 세상에 이 육신과 필적할 만한 힘을 부릴 수 있을 존재가 있을 것이라고는 상상조차 할 수 없었다.

혈랑마존과 마주한 것은 남자였다.

소년 티가 묻어나는 홍안은 젊었지만, 실제 나이는

서른 중후반 정도 되었다. 머리칼은 희고 눈은 붉었다.

백색적안족. 공주의 백성이라는 증거였다. 이 세상에도 역시 공주의 백성은 존재했고, 그 가운데서도 특별한 이가 혈랑마존의 앞을 가로막은 것이었다.

폭뢰신창은 일반적인 무공과 달랐다. 하지만 이 세상의 무공이 계속 발전하면 언젠가는 도달할 영역이었으니, 크게 보면 결국 무공이었다.

하늘의 검.

이 세상에서는 영혼의 무구를 그렇게 불렀다. 천검(天劍)이라 부르며 이를 추구하는 천검문이란 문파도 존재했다.

폭뢰의 용은 하늘의 검을 이루었다. 그 상징인 영혼의 창을 들어 혈랑마존에 맞섰다.

격렬한 싸움과 연이어진 육체의 붕괴에서 혈랑마존의 후회와 슬픔은 어느 정도 일단락이 되었다. 혈랑마존은 맑은 정신으로 자신을 무너트린 폭뢰의 용을 마주하였다.

폭뢰의 용 또한 죽어 가고 있었다. 넝마 조각이 된 것은 그의 육신만이 아니었다. 폭뢰신창의 영혼은 흩어지고 부서졌다. 지금 이 순간에도 그 힘을 잃어 가고 있으니, 오래 봐야 일 년도 안 남은 목숨이었다.

혈랑마존은 폭뢰의 용이 마음에 들었다. 광기에 젖어 새로 만든 육신의 힘을 한계까지 드러낸 자신을 막아 낸 그의 무공에 깊은 흥미를 느꼈다. 그렇기에 육신을 잃어 이 세상에서 강제로 추방되기 전에 몇 가지 이야기를 늘어놓았다.

언젠가는 이 세상에 다시 나타날 두 번째 혈랑마존.

혈랑마존 본인이 아니었다. 귀제갈 사마첨의 간청을 받아들여 만든 다섯 개의 패가 불러낼 이 세상의 존재였다.

—다섯 개의 패를 모두 모은 자는 패에 각인된 힘을 받아 혈랑마존으로 각성하리라.

혈랑마존은 이에 대해 구구절절이 늘어놓지 않았다. 혈랑마존 자신조차 막아 낸 폭뢰의 용이었다. 그의 후손이, 혹은 이 세상의 무가 두 번째 혈랑마존을 결국엔 저지해 낼 것이라 생각했다.

혈랑마존은 폭뢰의 용과 작별했다. 뇌신의 힘을 견디지 못한 그의 몸은 마침내 붕괴하였다.

그렇게 혈랑마존은 이 세상을 떠났다.

그리고 오십 년에 가까운 세월이 흐르도록 돌아오지 않았다.

"폭뢰의 용에 관한 이야기는 없어. 아무래도 그때 살아남은…… 그 검신이란 놈이 모든 공로를 도둑질한 모양이군."

남자는 키득 웃었다.

검신 용화성.

그 작자는 대체 무슨 생각으로 그런 짓을 한 것일까?

나름 정파의 최고수란 작자가 그리도 명예를 몰랐단 말인가?

아니, 명예에 집착했기에 오히려 그런 선택을 한 것일까?

상관없었다. 무엇이든 큰 관심은 없었다.

남자는 세상의 기록을 읽었다. 아무리 남자라 해도 세상 어디에 있을지 모를 폭뢰의 용의 후손을 찾는 일은 힘겨웠지만, 그래도 웃는 낯짝으로 끝까지 해냈다.

"남아 있구나. 자식이 있었어. 여전히 일맥을 잇고

있군."

뇌신의 힘을 부리는 귀신의 일족은 끊어지지 않았다.
하지만 그들은 심산유곡에 틀어박혀 있었다.

남자는 이미 죽어 백골이 된 검신 용화성을 욕할 생
각이 없었다. 남자는 다시 천인장 정인걸의 기억을 살
펴보는 데 집중했다.

천인장 정인걸은 대대로 무장을 배출한 명문가에서
태어났다. 위로는 형이 둘 있었고, 아래로는 여동생이
둘 있었는데, 형제자매 모두가 타고난 무골이었다.

정인걸은 형들과 함께 무관에 임관했다. 여동생 가운
데 하나는 평소 왕래가 많던 명문가에 시집을 갔고, 다
른 하나는 좋은 혼처를 기다리며 신부 수업이 한창이었
다.

맏형은 황실에서 일했고, 둘째 형은 남부에 가 해적
들과 싸우고 있었다. 셋째인 정인걸은 북부에서 야만족
에 대비해 국경을 지키니 형제가 제 곳곳에 흩어진 셈
이었다.

정인걸에게도 아내와 자식이 있었다. 가문 간의 교류
를 통해 만난 규수였다. 하지만 정인걸은 현숙한 아내
를 진심으로 사랑했고, 아내 또한 그러했다. 혼례를 올

린 지 얼마 되지 않아 아이를 잉태하게 된 것은 그러한 사랑의 증거였다.

정인걸은 태어날 아이를 보지 못하고 북부로 왔다. 임기를 채우고 돌아갈 때쯤이면 아이는 제 발로 서서 아장아장 걷고 있을 터였다.

형제자매, 아내와 아이.

"가족."

남자는 정인걸의 기억을 살피기를 그만두었다. 다시 과거의 자신을 떠올렸다.

어째서 광기에 빠졌는가.

무엇 때문에 깊은 회환과 슬픔에 빠졌는가.

가족을 잃었기 때문이다. 가족이라 생각하지 않았지만, 결국엔 가족이라 생각해 버린, 결국엔 사랑하고 말아 버린 이들을 자신의 손으로 죽였기에, 그런 것이나 다름없는 행동을 했기 때문에 미쳐 버린 것이었다.

남자는 턱을 괴고 앉아 경비 초소 밖을 바라보았다. 몰아치는 눈보라를 보며 중얼거렸다.

"다시 한 번 가족을 만들어 볼까……."

다시 가족을 가질 수 있을까?

천 년 동안 지치지 않는 마법사. 천년백작 생 제르몽 자신이 다시 한 번 제사세대 인간종을 사랑할 수 있을까?

메키도와 아샤가 아닌 여인을 사랑하고, 록과 엘란, 캠벨과 펠튼이 아닌 다른 누군가에게 친애의 정을 느낄 수 있을까?

남자는 피식 웃었다.

"까짓것, 해 보지 뭐."

시간은 얼마든지 있었다.

◉

남자가 예전에 가졌던 가족들은 극단적인 상황으로 인해 만들어진 집단이었다. 구성원들끼리 아무런 연관도 없었고, 그들에게는 중대한 목표 또한 존재했다.

남자는 그때와 완전히 똑같은 상황을 만들 생각은 없었다. 하지만 어느 정도는 그때와 엇비슷한 구색을 갖춰야 남자 자신이 좀 더 '가족의 정' 이라는 것을 느끼기 쉬울 것이라 생각했다.

그래서 남자는 특별한 처지에 놓인 아이들을 모았다.

황실을 이용하였다. 이제 와서 새삼 별로 미안하지도 않았지만, 육만 대군에 대한 위로 차원으로 제 황실에 다소 도움을 주기로 하였다.

광룡과 암룡이란 조직이 있었다. 그중에서 남자가 고른 것은 암룡이었다. 어쩐지 모르게 암룡이 남자가 예전에 가졌던 가족의 막내인 펠튼이 속해 있던 조직을 떠오르게 했기 때문이다.

황실과의 접촉은 순조로웠다. 남자는 암왕이란 여자를 만났고, 그녀에게 조건에 맞는 아이들을 구해 오라 말했다.

그렇게 일곱 명의 아이가 모였다.

●

남자는 일곱 아이에 대한 모든 것을 알고 있었다.

출신, 집안이 지은 죄, 재능, 성격 같은 것까지 모두 말이다.

첫째 창룡은 황족이었다. 오늘내일하는 황태자 대신 황제의 위를 이어받을 것이라 여겨지던 넷째 황자의 장남이었다. 하지만 둘째 황자의 발악에 가까운 황실 내부의 반란이 의외의 성공을 거둠에 따라 그는 황족으로서 이 세상을 살아갈 수 없게 되었다.

본래라면 죽었어야 했지만 암왕이 어린 목숨을 가엾게 여겨 몰래 암룡으로 빼돌렸기에 살아남을 수 있었다.

둘째 뇌호는 창룡의 친동생이었다. 때문에 암룡에 들어오게 된 내력 그 자체는 창룡과 별반 다르지 않았다. 하지만 재미있게도 창룡과 뇌호는 서로가 친형제라는 사실을 몰랐다.

생김새가 별로 닮지도 않았고, 너무 어린 시절에 서로 헤어졌기 때문이다. 형제 둘의 안위를 걱정한 암왕이 둘을 바로 암룡에 집어넣지도 않았기에 더욱 서로 모르는 것이 당연하였다.

셋째 요호는 마두의 아이였다. 요마(妖魔)라고까지 불린 환희신마가 바로 그녀의 어머니였다. 요호는 제 어미의 미모와 재능은 모두 물려받았지만, 성격만은 이름 모를 아비의 것을 물려받았는지 청순하고 단아했다.

넷째 아랑은 상인의 자식이었다. 창룡의 아비이기도 한 넷째 황자에게 자금을 대던 거상이 그의 집안이었다.

다섯째 애묘는 둘째 황자가 토사구팽한 측근의 자식이었다. 요호처럼 이름난 색녀의 아이도 아니었건만, 타고나기를 그리 타고났는지 색과 기예가 요호 못잖았다.

여섯째 맹저는 위의 다섯에 비하면 지극히 평범한 집안의 아이였다. 집안이 딱히 무슨 역모죄를 지은 것도 아니었고, 애묘의 집안처럼 토사구팽을 당한 것도 아니었다. 망나니 둘째 황자가 심심파적이라며 양민을 대상으로 인간 사냥을 했을 때 희생된 일가의 마지막 생존자였다.

막내 신조는 둘째 황자의 수많은 여인들 가운데 하나가 낳은 아이였다. 본래라면 황실에서 서자 대우라도 받았을 터지만 그 어미가 문제였다. 신조의 어미는 노예 상인들이 새외에서 잡아 온 금발벽안의 성노였다.

암룡의 암부들은 다들 자신들의 집안이 무슨 죄를 지었다고 생각했지만, 그건 예전 이야기에 불과했다. 암룡이 규모를 키움에 따라 필요한 인원의 수도 늘었고, 때문에 딱히 죄지은 집안의 아이가 아니더라도 암룡 암부로 키우고자 고아나 오갈 데 없는 아이들을 긁어모았다.

남자는 나름 성의를 다해 아이들을 가르쳤다. 각자 재능에 따라 다른 무공과 주술을 만들어 전수하기까지 했으니, 할 바를 다했다 해도 과언이 아니었다.

첫째 창룡에게는 남자 자신이 재현한, 폭뢰의 용의

무공인 폭뢰신창을 전수했다. 창룡은 성군의 자질을 타고났다는 넷째 황자의 아이답게 왕의 재능을 갖추고 있었다. 자연스럽게 사람들을 끌어들이고, 모여든 이들의 힘을 자신의 것으로 취하는 바로 그 재능을 말이다. 그래서 폭뢰신창을 전수했다. 최소한 무공에 있어서만은 왕이 되라는 의미였다.

둘째 뇌호는 군략을 가르쳤다. 재능을 타고나기도 했지만, 어느 정도는 장난기가 일었기 때문이다. 왕의 동생이니 군무를 담당하는 것도 나쁘지 않지 않은가.

셋째 요호에게는 타고난 재능을 살릴 수 있는 방중술과 더불어 제 어미가 평생도록 정립한 무공을 한 단계 더 발전시킨 뒤 전수해 주었다. 요호의 성정에는 둘 모두 어울리지 않았지만 타고난 재능이 있는지라 흡수가 빨랐다.

요호는 임무에 나갈 때마다, 자신의 능력을 활용할 때마다 늘 괴로워했다. 남자는 그런 요호를 보며 참으로 인간답다고 생각했다. 그랬기에 다른 것을 전수하지 않았다. 그리고 남자는 그러한 자신의 모습에서 역시나 이번에도 실패할 것이라는 사실을 직감했다.

남자는 십삼조를 진짜 가족으로 여기지 않았다. 어느

새 늘 그러했던 것처럼 실험 대상으로 지켜보고 있었다.

넷째 아랑에게는 '세상의 시스템'을 관측하는 기술을 가르쳐 주었다. 하지만 때때로 남자조차도 힘겨워하는 것이 세상의 시스템을 직접 스캔하는 것이었다.

재능이 다소 있다고 해도 인간에 불과한 아랑이 쉬이 해낼 수 있는 것이 아니었다. 더욱이 관측 방법 또한 인간에 맞게 개량된 것을 가르쳐 주지 않았다. 아랑을 시험하는 것과 다름없었다. 아랑에게 진정 재능이 있다면 이를 자신의 것으로 승화시켜 보다 효율적으로 사용할 수 있으리라.

다섯째 애묘는 불로영생에 관하여 강한 집착을 가지고 있었다. 그래서 그럴 수 있도록 해 주었다. 애묘가 가르침을 제대로 받아들인다면 불로불사는 당연히 무리겠지만 최소한 불로장생은 이룰 것이 분명했다.

여섯째 맹저는 뭐든지 빠르게 익혔다. 하지만 무공으로 대성하기에는 재능이 다소 부족했다. 그래서 주술을 가르쳐 주었다.

일곱째 신조에게는 폭뢰신창을 파훼하기 위해 만

든 불사신조를 가르쳤다. 이유는 딱히 없었다. 어쩐
지 모르게 그래야만 한다는 느낌이 들었다. 그리고
남자는 때때로 느껴지는 그러한 감각을 무시하지 않
았다.

십삼조는 저마다 자신들이 물려받은 무공에 대해 자
평했다. 어째서 그러한 무공을 물려받았는지에 대해서
도 생각했고, 나름대로 자신들의 마음에 드는 답을 골
라내었다.

남자는 그것을 그저 지켜보았다. 완전히 어긋난 망상
을 할 때도 참견하지 않았다.

남자는 애묘와 신조가 나누는 대화도 들었다. 애묘가
가축에 십삼조를 비하는 것을 듣고 그저 고개만 끄덕였
다. 실제로는 인간과 가축, 그 이상의 차이가 있었지만
끼어들지 않았다.

가족.

될 수 없었다.

역시나 이번에도 무리였다.

하지만 애착이 없는 것은 아니었다. 한낱 자주 쓰는 문
방구에도 애착을 가지는 것이 사람이란 존재이지 않던가.

요호와 애묘가 예쁘고 귀엽다고 생각했다. 창룡을 보

며 대견함을 느낀 적도 있었고, 기대 이상의 성과를 올린 뇌호와 아랑의 기량에 감탄한 적도 있었다. 맹저에게 일부나마 마음을 연 적도 있었고, 신조와 함께 즐겁게 웃은 적도 있었다.

하지만 그것뿐이었다.

십삼조의 곁을 떠나 다시 다음 실험을 시작해야 할 때가 왔다. 남자는 십삼조의 곁을 떠나고자 했다. 그저 지나가는 바람처럼 가벼이 떠나고자 했다.

하지만 신조가 그를 붙잡았다. 새삼스럽게 무얼 기준으로 무공을 전수했느냐 물었다. 적당히 답해 주었다. 신조가 왜 그런 것을 묻는지에 대해 크게 신경 쓰지 않았다. 그 후에 물은 이름에 관한 것이 더 마음에 걸렸기 때문이기도 하였다.

'가족은 되지 못하였지만, 어쩌면 생각했던 것보다는 더 다가선 것일지도.'

애묘가 들어 보인 가축의 예보다도 더.

남자는 십삼조의 곁을 떠났다.

그리고 그로부터 이 세상의 시간을 기준으로 수십 년이 흘렀다.

남자는 눈보라 몰아치는 평원에 섰다. 하늘을 보았다. 시스템에 기록된 기록을 읽어 십삼조 하나하나의 면모를 살폈다. 그리고 신조가 어째서 자신에게 무공을 전수한 기준을 물었는지 이해했다.

"예측했을까?"

일이 이렇게 될 것을, 창룡이 이런 일을 벌일 거란 사실을.

"어쩌면…… 아니, 사실은 아마도……."

남자, 십삼조의 스승은 북부 원정군과 무림연합이 충돌하고 있는 남쪽을 바라보았다.

〈『불사신조』 제6권에서 계속〉

www.bbulmedia.com